Tucholsky Wagner Zola Scott Sydow Freud Schlegel
Turgenev Wallace Fonatne

Twain Walther von der Vogelweide Fouqué Friedrich II. von Preußen
Weber Freiligrath Frey

Fechner Fichte Weiße Rose von Fallersleben Kant Ernst Richthofen Frommel

Fehrs Engels Fielding Hölderlin Tacitus Dumas
Faber Flaubert Eichendorff

Feuerbach Maximilian I. von Habsburg Fock Eliasberg Zweig Ebner Eschenbach
Ewald Eliot Vergil

Goethe Elisabeth von Österreich London

Mendelssohn Balzac Shakespeare Dostojewski Ganghofer
Lichtenberg Rathenau Doyle Gjellerup

Trackl Stevenson Hambruch
Mommsen Thoma Tolstoi Lenz Hanrieder Droste-Hülshoff

Dach Verne von Arnim Hägele Hauff Humboldt
Reuter

Karrillon Garschin Rousseau Hagen Hauptmann Gautier

Damaschke Defoe Hebbel Baudelaire
Descartes

Wolfram von Eschenbach Dickens Schopenhauer Hegel Kussmaul Herder

Bronner Darwin Melville Grimm Jerome Rilke George

Campe Horváth Aristoteles Bebel Proust

Bismarck Vigny Barlach Voltaire Federer Herodot
Gengenbach Heine

Storm Casanova Tersteegen Gilm Grillparzer Georgy
Chamberlain Lessing Langbein Gryphius

Brentano Lafontaine
Strachwitz Claudius Schiller Kralik Iffland Sokrates
Bellamy Schilling

Katharina II. von Rußland Gerstäcker Raabe Gibbon Tschechow

Löns Hesse Hoffmann Gogol Wilde Vulpius
Luther Heym Hofmannsthal Gleim

Roth Klee Hölty Morgenstern Goedicke
Luxemburg Heyse Klopstock Kleist

La Roche Puschkin Homer Mörike Musil
Machiavelli Horaz

Navarra Aurel Musset Kierkegaard Kraft Kraus

Nestroy Marie de France Lamprecht Kind Kirchhoff Hugo Moltke

Nietzsche Nansen Laotse Ipsen Liebknecht

Marx Lassalle Gorki Klett Ringelnatz
von Ossietzky May Leibniz

vom Stein Lawrence Irving
Petalozzi
Platon Knigge

Sachs Pückler Michelangelo Kock Kafka
Poe Liebermann

de Sade Praetorius Mistral Zetkin Korolenko

Der Verlag tredition aus Hamburg veröffentlicht in der Reihe **TREDITION CLASSICS** Werke aus mehr als zwei Jahrtausenden. Diese waren zu einem Großteil vergriffen oder nur noch antiquarisch erhältlich.

Symbolfigur für **TREDITION CLASSICS** ist Johannes Gutenberg (1400 — 1468), der Erfinder des Buchdrucks mit Metalllettern und der Druckerpresse.

Mit der Buchreihe **TREDITION CLASSICS** verfolgt tredition das Ziel, tausende Klassiker der Weltliteratur verschiedener Sprachen wieder als gedruckte Bücher aufzulegen – und das weltweit!

Die Buchreihe dient zur Bewahrung der Literatur und Förderung der Kultur. Sie trägt so dazu bei, dass viele tausend Werke nicht in Vergessenheit geraten.

Maria Francisca

Paul Heyse

Impressum

Autor: Paul Heyse
Umschlagkonzept: toepferschumann, Berlin

Verlag: tredition GmbH, Hamburg
ISBN: 978-3-8424-0594-3
Printed in Germany

Paul Heyse

Maria Francisca

(1858)

Wir hatten den sommerheißen Tag in der engen, trägen Postkutsche fast ganz verschlafen. Denn die Fenster waren zu schmal, um uns bequem an den wolkenlosen Linien des Gebirges, dem wir entgegenfuhren, zu weiden, und Sonnenbrand und Staub hatten das flache Vorland seit Wochen übel heimgesucht. In einer Art von trotziger Müdigkeit und wehmütiger Verstocktheit aller Sinne saß mein Freund, der Maler, mir gegenüber, und mit einem kräftigen Freudenfluch sprang er Abends aus dem schwülen Kasten, als wir vor dem Posthause des letzten Städtchens an der Schwelle des Gebirges hielten. Er warf seinen Mantelsack neben den meinigen in einen Winkel der Gaststube und zog mich sogleich wieder auf die kühle Straße hinaus.

Der Ort hatte jenes gemischte Ansehen, wie man es nur bei solchen an das Vorgebirge gerückten Vorposten der Ebene findet. Die Häuser zeigten sich gegen das Hochlands-Klima wohl verwahrt, manche ganz in einen Schuppenpanzer von Schindeln gekleidet, die Dächer mit Felsstücken beschwert, andere wiederum mit aller flachen Zierlichkeit großstädtischer Bauten ausgerüstet. Mitten aber durch die Stadt lief ein rascher Bach, so klar, daß wir der Lockung nicht widerstanden, die staubigen Hände darin zu kühlen. Dabei nahm sich mein Freund sehr befremdlich und gefährlich aus, da ihm beim Bücken die Haare tief übers Gesicht fielen und mit dem Bart zusammenflossen, wie ein mächtiger Stromgott, von dessen Haupt und Angesicht die Quellen entspringen. Bei näherer Betrachtung erkannte man freilich, daß dieser einschüchternde Haarwuchs zu dem kindlich-sinnlichen Ausdruck seines Gesichts nicht paßte. Er hätte, geschoren, trotz seiner sechsunddreißig Jahre noch immer ein ganz artiges Mädchen vorstellen können. Und so war es auch mit seinem inneren Wesen bestellt. Man konnte wohl sagen, daß er Haare auf den Zähnen hatte, denn wo es galt, sich nach außen hin Respect zu verschaffen, war er allezeit unverlegen. Im Uebrigen theilte er mit jenem alten lockenberühmten Helden die Schwäche, daß manch ein Philister ihn zu überlisten und manche Delila seine arglose Seele zu schädigen verstanden hatte.

Als er nun den Tagesstaub von sich gethan hatte und sich aufrichtend den reinen, heiteren Abendwind empfand, der durch die Gassen streifte, wurde er ganz aufgeräumt und lachte über die verdrießliche Fahrt. Er nahm mich unter den Arm und schlenderte, das ergrauende Blau des Himmels studirend, längs dem Bach die Straße hinunter. Mir ist wohl, sagte er, wie der Raupe, die aus der Schachtel eines Schulbuben entwischt und in einen frischen Strauch geräth, wo sie sich zu Verpuppen denkt, ohne den Wissensdrang irgend eines zuschauenden Menschenauges dadurch zu befriedigen. Du sollst sehen, wie gut ich morgen erst, wo es ans Wandern geht, zu brauchen sein werde.

Ich freute mich seiner guten Stimmung; denn als ich ihn vor vier Wochen nach einer langjährigen Trennung wiederfand, hatte mich der Druck, der sein Gemüth belastete, nicht wenig geschmerzt. Durch entferntes Hörensagen wußte ich wohl, daß er inzwischen seine Frau verloren hatte. Ich war ihm in den Jahren seiner Ehe nie begegnet, und da man von geliebten Todten nur zu denen sprechen mag, denen wenigstens die äußere Gestalt des Abgeschiedenen nicht fremd war, so vermied ich es, nach seinem Kummer zu fragen. Vornehmlich um ihn zu zerstreuen, hatte ich die Gebirgsreise eifrig veranstaltet, und sah nun mit großer Genugthuung, daß Alles nach Wunsch zu gehen versprach.

Während wir so planlos uns ergingen und mit der Aufmerksamkeit, die man bei Beginn einer Reise auch den geringsten neuen Gegenständen schenkt, uns nach allen Seiten umsahen, entdeckten wir ziemlich am Ende der Stadt ein niedriges Haus von Einem Stockwerk, nach Art der italienischen mit einem flachen Dache gedeckt. Ein Zelt war oben ausgespannt, unter dem ein Haufe von Männern beim Weine saß. Ueber der Thür aber schwankte ein metallenes, wunderlich ausgeschnittenes Schild mit der kunstlosen Inschrift: *Marionetenspil und Rosolio, ausgeübt durch Alessandro Tar-*

taglia. Uns beide gelüstete nach dem luftigen Platz in der Höhe, wo wir auch das Volk, in dem schon viele romanische Elemente spuken, zu beobachten hofften, und da sich kein Aufgang von außen erspähen ließ, traten wir in die nicht gar saubere Schenke ein.

Ein Gewirr wunderlicher Stimmen drang uns entgegen, zugleich ein unfeiner Mischgeruch der verschiedensten gebrauten und gebrannten Getränke, der uns fast den Athem benahm. Links vom Eingang war ein schwerfälliger Schenktisch aufschlagen, hinter dem eine blasse Frau mit dunklen und lose aufgedeckten Haaren saß, einen Säugling an der offenen Brust. Sie starrte theilnahmlos in ein Glas mit rothem Wein, das vor ihr stand und aus dem sie von Zeit zu Zeit trank. Auf den Gestellen an der Wand hinter ihr sah man verschiedenartige Flaschen, deren Inhalt in allen Farben spielte. Ein Spinnrad lehnte im Winkel, eine gelbe Katze schlief auf dem Fußgestell und hielt einen herausgezupften Faden im Traume fest. Auch die Frau schien halb zu schlafen. Wenigstens sah sie uns Eintretende mit einem zerstreuten, ungastlichen Blicke an, nickte kaum mit dem Kopf und machte sich mit dem Kinde zu thun, das die Brust verloren.

Unsere Aufmerksamkeit wurde auch bald von der übrigen Ausstattung der Schenke in Anspruch genommen. Da saßen und standen eine große Zahl von Landleuten und Gebirgsbewohnern vor dem ziemlich umfangreichen Marionettenkasten, der aus dem Hintergrunde des Zimmers mit seinen zwei trüben Seitenlichtern und dem von oben erhellten Bühnenraum allerdings phantastisch genug hervorsah. Es war sehr geschickt so veranstaltet, daß, wer nur im Vorübergehen am Hause einen Blick in die Schenke warf, die grell bemalten Puppengesichter erkennen mußte. Den Text des Schauspiels verstand man aber nur, wenn man eingetreten war und scharf zuhörte. Denn die Stimme des Schenkwirtes Alessandro Tartaglia schien durch den Umstand, daß er mit dem Marionettenspiel das Rosoliogeschäft verband, an Tonfülle nicht wenig eingebüßt zu haben, zu geschweigen, daß die Sprache, die aus der heiseren Kehle kam, ein bedenkliches Gemengsel deutscher, französischer und italienischer Phrasen war, dem man erst nach einiger Uebung Sinn abgewinnen konnte.

Wie wir nun, unschlüssig, ob wir bleiben oder gehen sollten, die Treppe zum Dach hinauf umsonst mit den Augen suchten, hatten die Letzten der andächtigen Zuhörerschaft uns bemerkt und mit unwillkürlicher Höflichkeit uns einen Zugang in ihre Mitte geöffnet. Es mußte nichts Ungewöhnliches sein, daß Fremde sich hier den Abend vertrieben, denn ehe wir es uns versahen, fanden wir uns zu einer leergelassenen Bank ganz vorn an der Bühne durchgeschoben, auf der wir nun wohl oder übel Platz nehmen mußten. Ich für mein Theil ließ mir die Ehre gern gefallen. Die munteren Bewegungen der grotesken Figuren, die ein Stück nach dem Ariost tragirten und auch bei den lebhaftesten Prügelscenen ihre lächelnde bunte Miene oder den Ausdruck erhabenen Tiefsinns nicht veränderten, waren mir sehr ergötzlich. Und als ich mit dem Jargon des »ausübenden« Künstlers erst vertrauter geworden war, bewunderte ich das Geschick des Stimmenwechsels und den Reichthum an kreischenden, quietschenden, lispelnden und schnarrenden Naturlauten, die zuweilen das Publicum zum höchsten Jubel fortrissen. Je mehr mich aber, trotz des erstickenden Dunstes in der trüben Höhle, die Lustigkeit des Schauspiels ansteckte, desto unruhiger und verstimmter wurde das Gesicht meines Freundes. Er rückte unmutig auf der Bank hin und her, wandte sich verdrießlich um, ob an kein Entrinnen zu denken sei, und als er die lebendige Mauer sah, die sich hinter unserem Rücken wieder starr geschlossen hatte, verbiß er sich in seinen dichten Schnurrbart und schloß die Augen. Nicht der glücklichste Spaß des unsichtbaren Stimmführers konnte ihm mehr ein Lachen ablocken.

So war das Stück zum Ende gediehen und die feierliche Mordschlacht des Finales, die einen großen Lumpenhügel aus sämmtlichen mitspielenden Personen auftürmte, hatte den tiefsten Eindruck auf die Zuschauer nicht verfehlt. Auf einmal aber fuhr eine kolossal erscheinende Hand über das Todtenfeld hin und fegte mit den sämmtlichen Helden, Königinnen und lustigen Personen alle Nebel der poetischen Illusion von der Bühne. Schon machte sich ein Rühren und Regen hinter unserem Rücken bemerklich, wie es dem Aufbruch vorherzugehen pflegt, als eine gellende Klingel hinter der Bühne noch einmal die Aufmerksamkeit fesselte. Aus der Tiefe des Kastens tauchte ein Kopf herauf, wiederum riesenhaft gegen die Verhältnisse der Coulissen, und von so sonderbarem Ausdruck, daß ich einen Augenblick zweifelte, ob hinter dieser Maske eine lebende Seele stecke. Die kurzen schwarzen Haare standen ihm starr zu Berge, eine große Stirnnarbe lief von den Augen aus hoch hinan über den Kopf und hatte in das schwarze Gestrüpp eine breite rothe Lichtung gebahnt. Die Augen bewegten sich rasch aber automatenhaft in den geschlitzten Höhlen, der lachend offene Mund zeigte zwei Reihen glänzender weißer Zähne, die Ringe in den Ohren blitzten, ein Gemisch von Brutalität und gutmütiger Lustigkeit sprach so wunderlich aus allen Falten des Kopfes, daß derselbe fast das Ansehen einer carrikirten Studie hatte, wie sie niederländische Maler wohl zu machen pflegten.

Dieser Kopf schaute eine Weile durch den Rahmen der Bühne in die dunkle Schenkstube hinaus und schien sich die Gesichter zu merken, damit Keiner mit der Bezahlung durchgehen könne. Dann sprach er mit amtsmäßig monotoner Stimme: Morgen wird aufgeführt una brava Commedia lirica, benannt Castruccio Castracani - - Wie durchgeschnitten stockte hier die Ankündigung. Der Ausrufer hatte endlich die beiden Fremden ausfindig gemacht, die, weil sie tiefer saßen, unter seinen Horizont fielen. Ich bemerkte, wie sich die Augen des Kopfes mit starrer Bestürzung auf meinen Freund hefteten, der seinerseits ruhiger, aber ebenfalls nicht gleichgültig die Züge im Kasten musterte. Nur einen Moment dauerte diese gegenseitige unheimliche Begrüßung. Dann tauchte der Puppenspieler blitzschnell unter, die lange Gardine, die das Gerüst verhing, bewegte sich, und dicht vor uns stand in Hemdärmeln und bloßen Füßen die untersetzte Gestalt des Herrn Alessandro Tartaglia selbst.

Ich war aufgestanden, denn es schien mir nicht anders, als ob eine Katze, die eine Weile unschuldig gethan, sich plötzlich zum Sprunge anschicke. Mein Freund aber blieb unbeweglich auf seinem Sitz, nur sah ich, wie er den rüstigen Bergstock mit langer Eisenspitze fester zwischen die Faust nahm. Indessen war jede Besorgniß grundlos. Denn nach dem ersten Schrecken der Ueberraschung erhellte sich das possenhafte Gesicht des Schenkwirtes, und mit einem freundschaftlichen schmunzeln sagte er: Che diavolo! So ist es nicht Euer Gespenst, Professor, sondern der Sohn von Eurer Mutter selbst? Aspetta, aspetta, nur zwei Momente, und ick sein zu Euer service. Ick 'ab Euch zu sagen multe cose, multe! -

Was hab' ich mit Euch zu schaffen? brummte der Maler. Hätt' ich gewußt, daß *Ihr* in diesem Rauchloche spukt - nicht zehn Pferde hätten mich herein gezogen, Carluccio.

Pst! sagte der Mann und legte seinen breiten Finger auf den Mund des Malers. Ich heiße Sandro Tartaglia, daß Ihr's wißt, und Basta! Habt Ihr Furcht? Meint Ihr, daß ich Euch die schöne Zeichnung, die Ihr mir auf die Stirn gemacht, bezahlen werde?

Der Andere schüttelte bedeutsam seinen Stock und murrte: Ihr hattet sie reichlich vorher abverdient; übrigens noch einmal: haltet es, wofür Ihr wollt, ich bin fertig mit Euch; und da ist für die Komödie von heut. Die alten lassen wir ruhen.

Er warf ein paar Zwanziger hin und stand auf. Sofort aber hängte sich der Andere an ihn und übergoß ihn mit einer Flut von Geschwätz in einem dumpfen wälschen Dialekt, der mir neapolitanisch schien. Der Maler ließ eine Zeitlang Alles an sich abträufen. Ein Wort jedoch schien ihn seltsam aufzuregen. Er sah den Zudringlichen mit scharfen Augen an und that eine Frage in der gleichen Mundart. Die Antwort darauf verfinsterte sein Gesicht noch mehr; aber seine Neugier schien noch nicht gestillt. Willig ließ er sich wieder auf das Bänkchen drücken, und den Kopf auf den Stock gestützt, so daß seine Haare ihn rings umhingen, saß er theilnahmlos und kummervoll vor dem Gerüst. Ich fragte, was dies alles zu sagen habe. Nachher, nachher! gab er hastig zur Antwort. So will ich inzwischen aufs Dach gehen und dich dort erwarten, sagte ich und stieg, während der Wirth mit dem Teller herumging, eine winklige Treppe hinan, aus der ich bald in die freie Luft des oberen Gezeltes auftauchte.

Das unbegreifliche Abenteuer, das meinem Freunde zugestoßen, zusammen mit der beklommenen Hitze im unteren Raum, hatte mich in eine Art von Schwindel versetzt, der erst nach und nach von mir ließ, als ich auf einer Bank am Geländer des Daches lag und die freie Abendluft, getränkt mit den Düften des unten blühenden Gärtchens, langsam in mich einsog. Der Bursch, der die Gäste am anderen Tische, Honoratioren zweiten Ranges, bediente, stellte mir Brod und eine Flasche schwarzen lombardischen Weines auf den Tisch und überließ mich meinen Betrachtungen. Ich war nicht gelaunt, mich in das Gespräch der Gesellschaft gegenüber einzudrängen. Auch ertging es mir nicht, daß man mich eher mißtrauisch behandelte und bei meinem Erscheinen die Stimmen dämpfte. So sah ich unverwandt nach der anderen Seite hinüber, wo die Masse des nahen Gebirges sichtbar sich verdunkelte, während über den Gipfeln sacht die Sterne vortraten. Es vergnügte mich, dieses plötzliche Lichtwerden der einzelnen abzupassen und im Stillen dabei die Zahl der schon sichtbaren festzuhalten. Bis ich mich denn auf einmal wie zum Spott von unzählbaren Augen des Firmaments angefunkelt sah und in ein weltvergessenes Träumen und Starren gerieth. Auf Augenblicke erwachte ich wieder daraus, auch wohl durch einen lauteren Ausruf meiner Nachbarn ermuntert. Dann grübelte ich nach, was wohl mein Freund mit dem confiscirten Schelm von Wirth so lange und angelegentlich zu schwatzen haben möchte, und als ich in aller Welt keinen Aufschluß darüber zu ersinnen wußte, überließ ich mich von Neuem dem Gefühl süßer Abspannung, wie es nach einer Tagereise im Postwagen so erquicklich ist.

Auf diese Art mochte eine Stunde oder mehr verflossen sein. Die Andern standen auf, schütteten die Neigen des Weins über das Geländer auf die Bäume im Garten und gingen alle zusammen, ohne von mir Notiz zu nehmen. Ich hörte sie die enge Stiege hinunterpoltern und war nun jeden Augenblick gewärtig, meinen Freund aus der Versenkung hervorkommen zu sehen. Aber ich hatte alle Zeit, auch noch den zweiten Schoppen zu leeren und einem Gericht Forellen gebührende Ehre anzuthun. Der letzte Laut um mich her war verschollen, selbst die Glockenfrösche hatten sich ausgesungen, und eben bedachte ich, ob es nicht räthlich sei, nachzusehen, wie es unten stehe; denn die burleske Fratze des Wirthes bürgte mir schlecht dafür, daß in der Schenke nicht auch noch andere freie Künste »ausgeübt« wurden, zu denen einzuladen das Aushängeschild sich wohl hütete. Da erlöste mich der Bursch, indem er mich hinunterrief, wo der andere Herr auf mich warte.

Ich fand unten in der Schenke eine zweifelhafte Beleuchtung, von einer Messinglampe herrührend, welche vor der Frau auf dem Schenktisch stand. Der Säugling war längst eingeschlafen und lag auf dem Schooße der Mutter, die langsam und ungeschickt spann. Ein paar Nachzügler spielten in dem kahlen Winkel gegenüber ein Kartenspiel, während ein zerlumpter Mensch, auf der Bank ausgestreckt, schnarchte. Erst als ich eine geraume Zeit in dem wüsten Gemache mich hin und her gewandt und vergebens versucht hatte, mit der Frau ein Gespräch anzuknüpfen, öffnete sich die Thür eines Seitenverschlags, und der Maler trat neben dem Wirth heraus. Ich sah durch die Thür, daß sie drinnen bei einer Kerze am Tisch gesessen hatten, auf dem ein großes Glas voll rothen Weines unberührt geblieben war. Jetzt ergriff der Freund meinen Arm und schritt unverweilt auf die Thür zu. Erst auf der Schwelle drehte er sich noch einmal um und schien noch etwas sagen zu wollen. A-lessandro Tartaglia begleitete uns. Seine unterwürfigen Bewegungen waren so gelenk und geschmeidig, daß mir das Bild einer Katze wiederum lebendig wurde. Er rief uns die devotesten Complimente nach, auf die der Maler mit einem kurzen Händewinken antwortete. Dann zog er die Thür hinter uns zu, und wir standen draußen in der verödeten Gasse unter dem Sternenhimmel.

Ich konnte auf dem Gesicht meines Freundes eine tiefe Schwer-muth wohl erkennen, und der Ton seiner Stimme bestätigte mir, daß ihn das Gespräch mit dem Wirthe völlig erschüttert haben mußte. Als wir langsam Arm in Arm der Post zugingen, bat er mich, gleich wieder mit ihm aufzubrechen und ein paar Stunden in die Nacht hinein zu wandern. Er sei durchaus nicht müde, und es graue ihm davor, sich jetzt in ein dumpfes Zimmer zu verschließen. Gern stimmte ich ihm bei, und wir steuerten bald, den Ranzen auf dem Rücken, in frischem Wanderschritt gegen das Gebirge zu. Der Weg, der in der wachsenden Finsterniß wie ein weißer Streif vor uns leuchtete, lief noch eine gute Strecke weit eben fort. Zu beiden Seiten standen Apfelbäume, hinter denen Kornfelder und Viehtrif-ten im Sternenlicht sich ausbreiteten, bewohnt von unermeßlichen Grillenschwärmen, die rastlos sich in fast leidenschaftlichem Ge-sang überboten. Erst als die Straße die Vorberge erreichte, wurde es stiller um uns. Hier aber warf plötzlich mein Freund den Ranzen vom Rücken, stürzte daneben ins feuchte Gras nieder und überließ sich, während ich rathlos bei ihm stehen blieb, dem maßlosesten Schmerz, der sich in Thränen und Stöhnen gewaltsam Luft machte.

Ich wagte kein Wort vorzubringen und rührte mich nicht, damit er ohne Zwang mit seinem Kummer ins Reine käme. Und endlich schien der wilde Anfall vorüberzugehen. Er richtete sich halb auf, sah umher und zu mir empor und hielt mir, während seine Augen fortweinten, die Hand entgegen. Nun erst sprach ich ihm zu und hatte ihn bald so weit, daß er aufstand und mit einem kräftigen Ruck Thränen, Nachtthau und die weiche Schwäche von sich schüttelte. Verzeih, sagte er, es mußte einmal heraus. Vor dem armseligen Schuft, dem Schenkwirth, konnte ich diese Thränen zurückwürgen. Hier in der Dunkelheit und neben dir erzwangen sie sich ihr Recht. Komm, laß uns wieder aufbrechen. Wenn ich dir sage, wie sich das Alles gefügt hat, wirst du es begreiflich finden, daß es mich überrumpelte und so wehrlos hinwarf.

Wir setzten unsern Weg langsamer fort, und erst nach einer Pause fing er wieder an.

Du weißt, Liebster, sagte er, daß es mir inzwischen bunt genug ergangen ist, aber das Nähere kannst du nicht erfahren haben. Es wissen auch meine anderen Freunde nichts Rechtes davon. Ich habe niemals Briefe geschrieben und, seit wir uns an jenem Abend in Düsseldorf trennten, keine feste Stätte gehabt, sondern ein fahrendes Zigeunerleben geführt.

Aber gerade an jenem Abend spann sich das unglückselige Schicksal an, das mich in der Irre herumtrieb, und dessen letzter verworrener Knoten sich erst heut Abend, unerwartet genug, lösen sollte. Es ging mir damals sehr nah, daß ich dich verlieren mußte. Als ich den Wagen mit dir fortrollen sah, stand ich eine Zeitlang auf demselben Fleck und bedachte, wie sehr du mich allein ließest. Du hattest mich immer so reichlich mit allem geistigen Vorrath versorgt, den man zum Leben bedarf, wenn man auch »nur ein Maler« ist. Mit den Zöpfen und Schnurrbärten, die meine Kunstbrüder sein wollten, vertrug ich mich nur so eben, weil ich sie gänzlich entbehren konnte, so lange du neben mir standest. Es schauderte mir davor, nun auf diese Ehrenwerten und Gerechten allein angewiesen zu sein und am Ende gar einer der Ihrigen zu werden. So stiegen denn, sobald dein Wagen aus meinem Bereiche war, ängstliche Fluchtgedanken in mir auf, und ich gab mir das Wort, nur noch fertig zu machen, was ich gerade auf der Staffelei hatte - du entsinnst dich wohl jener Tanzscene aus dem römischen Octoberfest - und dann den Staub von meinen Schuhen zu schütteln und die Luft ein- für allemal zu wechseln.

In solchen Stimmungen der Trauer begegnet es einem wohl, daß man nach dem Abgeschmacktesten greift, um nur wieder festen Alltagsgrund unter die Füße zu bekommen. Als ich darum bei einer Seiltänzerbude vorbei kam, die ich bisher nie eines Blickes gewürdigt hatte, bedachte ich mich keinen Augenblick, sondern trat, als wenn es so sein müßte, hinein.

Die Vorstellung hatte eben erst begonnen, und ein Jüngelchen von sechs Jahren machte unter der Aufsicht seines Vaters, des Impresario der ganzen Bande, seine Kunststücke. Ich sah mit peinlichen Empfindungen zu. Das Bestreben, zu lächeln und zierlich zu sein, wo noch das Gleichgewicht in Frage stand, legte den Bewegungen des schmucken Burschen einen Zwang an, der in meinen Augen Alles verdarb. Ich athmete auf, als der Kleine endlich auf den Boden sprang, das Naschwerk, das man ihm zuwarf, behende aufraffte und mit possierlichen Verbeugungen sich davon machte.

Die Reihe war nun am Bajazzo. Damals sah ich die Gaunerphysiognomie meines Freundes Alessandro Tartaglia zum ersten Mal, und zwar verkehrt, da er auf den Händen hereinspazierte. Ich will dir gestehen, daß mir der Wicht bei jener Gelegenheit nicht übel gefiel. Wenn ihm auch vor langer Zeit diese Künste eben so gut mit der Peitsche beigebracht sein mochten, wie dem Knaben, so waren die Striemen doch längst vernarbt, und jetzt hätte man ihn prügeln müssen, um ihn von der vergnüglichen Ausübung seines Talentes abzuhalten. Ueberdies machte er Seine Lazzi in jenem nach Austern und siedendem Oel riechenden Neapolitanisch, das er nur mit einer Handvoll französischer Redensarten vermischte, und sein Geberdenspiel erinnerte so stark an die Buffonen in San Carlino, daß ich unversehens mich sehr gut unterhielt und bei den salzlosen Productionen der Anderen diesen Gesellen immer im Auge behielt.

Die Bande war nicht sehr zahlreich. Außer den vier Kindern des Directors, der seinen deutschen Namen Ebert in Eberti umgewälscht hatte, traten nur der Bajazzo, eine sehr verblühte Schöne, Namens Clelia, und ein Neger auf, der eine prachtvolle Gestalt besaß und zwischen den Tänzen seine Kraft-Kunststücke zum Besten gab. Ich will aber von den Einzelheiten schweigen, obwohl jedes Mal, wenn ich mir den Abend zurückrufe, jeder kleinste Umstand mir wieder vor die Seele tritt. Genug, nachdem alle Nummern des

Programms bis auf die letzte heruntergespielt waren, auch die beiden jüngeren Fräulein Eberti ihre große Sicherheit und Schamlosigkeit auf dem Seil bewiesen hatten, erschienen sie schließlich von Neuem, um mit der Aeltesten, die dem Zettel zufolge Maria Francisca hieß, ein Pas de trois auf drei Seilen neben einander aufzuführen.

Im ersten Anblick schien mir diese Aelteste das unscheinbarste Mitglied der ganzen Gesellschaft. Sie war etwas schlanker als die Schwestern, schien sich aber, als sie in ihrer Mitte hereintrat, am linkischsten zu bewegen. Während die flunkernden Augen der anderen nach Kräften links und rechts zu zünden versuchten und auch wohl ein zärtliches Einverständniß mit gewissen Verehrern auf den vordersten Plätzen zur Schau trugen, sah Maria Francisca mit schüchternem Stolz zu Boden. Das Gesicht war gar nicht schön. Die gedrückte Stirn, den breiten Mund, die bleiche Farbe hatte sie vom Vater. Aber der Schnitt und Glanz und Stolz der Augen machte Alles wieder gut. Auch ihr Anzug gefiel mir; ein weißes Kleid, das wohl eine Handbreit länger war, als die fliegenden Mousseline-Fähnchen der Schwestern, gegürtet mit einem schwarzen Bande, worauf goldene Sterne gestickt waren, ein gleiches Band um den züchtig verhüllten Nacken, ein schmales silbernes Diadem vor der Stirn und die schwarzen Haare rund abgeschnitten.

Nun aber mußte man sehen, wie sie sich auf das Seil schwang und die herbe Unbeholfenheit, mit der sie aufgetreten war, auf Einen Schlag von ihr fiel. Wie wenn bei einer Feuersbrunst eine Flamme am obersten First eines Hauses hinläuft, so hob und trug und neigte sie sich und loderte in leichtem Schwung in die Höhe und schien von dem Zeit die elektrische Schnellkraft immer wieder zu empfangen, sobald sie es mit den Fußspitzen berührte. Das Ebenmaß und die zarte Bildung ihrer Gestalt entzückten mich, als sie sich im Tanz mehr und mehr entfalteten. Freilich waren nur die Arme völlig frei, aber unsereiner weiß, daß die Natur in den meisten Fällen ein jedes Gebilde auf Einen Wurf schafft und keine vollkommenen Glieder an einen verkümmerten Rumpf zu verschwenden pflegt. Außerdem konnte das faltige Gewand, das offenbar die Umrisse der Gestalt möglichst verstecken sollte, den heftigen Bewegungen nicht auf die Länge widerstehen und ließ, sich anschmiegend, den reizvollsten Wuchs wenigstens einem Kennerauge durchschimmern.

Ich dachte im Stillen, welch ein Fest das sein müßte, dieses Mädchen, dessen Gesicht, je mehr es sich röthete, an sinnigem und zugleich leidenschaftlichem Ernst zunahm, in der Tracht griechischer Tänzerinnen eine jener Pantomimen aufführen zu sehen, die wir hie und da beschrieben finden und uns, nach unserer jetzigen armseligen Springerkunst, nur dunkel vorzustellen vermögen. Das brachte mich in meinen Gedanken auf das Octoberfest, an dem ich malte, und je mehr ich die herrliche Gestalt der Tänzerin ins Auge faßte, desto sehnsüchtiger wurde ich danach, ein Blatt Papier und ein Stück Kohle irgendwo aufzutreiben, um ein paar ihrer glücklichsten Bewegungen festzuhalten. Die Schwestern, die in mancherlei Gruppen um sie herumgaukelten, fielen völlig weg neben ihr, und als sie zuletzt gar ihre Rosenkränze vom Kopfe nahmen und tanzend die einzelnen Blumen unter die Zuschauer schleuderten - ein rechtes Sinnbild ihres Leichtsinns - war die Aelteste wahrhaft erhaben zwischen ihnen, indem sie stille stand, die Arme über der Brust kreuzte, im Fluge auf dem Seil niederkniete und dann plötzlich hinuntersprang und sich allem Beifall und Dacapo-Rufen entzog. Auch kamen, als man die Schwestern zum Schluß herausrief, die jüngeren allein, und ich hörte von meinem Nachbar, daß die älteste es immer so halte und wahrscheinlich dadurch um so interessanter zu werden meine.

Damit war die Vorstellung zu Ende. Aber ich dachte noch nicht daran zu gehen. Ich mußte gleich heute mir Gewißheit verschaffen, ob ich immer nur auf das angewiesen sein sollte, was hier für wenige Groschen Jedermann zu sehen bekam, oder ob es mir glücken würde, meine dürftigen Augen reichlicher zu laben. Es schien mir das nicht eben schwierig. Den Neger hatten manche meiner Freunde zum Modell gehabt, und wie ich mir den Director angesehen hatte, waren seine Töchter, jede nach ihren Gaben, ihm nicht zu gut dazu, seinen Beutel füllen zu helfen. Auch mischten sich ja keinerlei Gelüste, die der Kunst fern lagen, in meinen Wunsch, und ich hätte mir die Ehrenwache des Vaters ohne Widerrede gefallen lassen.

Also suchte ich ihn, während der Bajazzo mich mit schiefen Blicken argwöhnisch musterte, in dem Bretterverschlag auf, der an das

Ende des Schauplatzes stieß und die elende Wohnung der Hauptmitglieder nebst der Garderobe enthielt. Ich weihte ihn ohne Umschweife in meine Wünsche ein und bot ihm ein sehr annehmliches Stück Geld, wenn er seine Tochter zu ein paar Sitzungen in meine Wohnung führte. Der Mann hörte mir aufmerksam zu und schmunzelte bei meinem Gebot. Dergleichen Anträge schienen ihm nicht zum ersten Mal gemacht zu werden. Er bat mich, auf einem Koffer Platz zu nehmen, erfrischte sich, während ich weiter sprach und die Unverfänglichkeit meiner Absicht herausstrich, aus einem Weinglase, das er mit Branntwein voll goß, und sagte zuletzt, indem er, die Hände in den Hosentaschen, gemütlich vor mir stehen blieb, daß dieses eine eigene Sache sei. Zwar schmeichle es seinem Vaterherzen, daß ein Künstler, wie ich, sein leibliches Kind für so wohlgeraten halte, daß er es abzumalen wünsche, aber gerade diese Aelteste habe einen eigensinnigen Kopf und wolle immer etwas Besonderes vorstellen. Jede seiner jüngeren Töchter werde sich eine Ehre daraus machen, der Kunst diesen Gefallen zu thun, und er schlage mir vor, es zunächst mit einer von ihnen zu versuchen. Als ich ihm nun sagte, daß es mir gerade auf die Aelteste ankomme, schnalzte er mit der Zunge, hielt mir die rechte Hand zum Einschlagen hin, was ich einstweilen noch unterließ, und bat mich, ihn hier zu erwarten. Auf alle Fälle sei er der Vater und werde das Seinige thun.

Sogleich trat er in eine der Seitenkammern und ließ mich in einer wunderlichen Verstimmung zurück. Der ganze Handel schien mir auf einmal, dem Vater gegenüber, schändlich und sündlich. Ich stand auf und durchmaß das niedrige Gemach. Da lag in einem Winkel auf einer dürftigen Streu, mit einem zerfetzten Mantel zugedeckt, der Knabe, der die Vorstellung eröffnet hatte. Er schlief und hatte sicherlich von meinen Absichten auf die Schwester nichts gehört. In der Hand hielt er eine von den Düten, die man ihm zugeworfen hatte. Das Zuckerwerk darin mochte sein ganzes Abendbrod gewesen sein. Wie ich das arme Kind so liegen sah, einer Zukunft entgegenschlafend, die den Stempel der Reinheit und Menschenwürde von seiner Stirn verwischen und ein Sklavenzeichen darauf drucken sollte, erschien ich mir sehr verworfen, daß ich an meinem Theil dazu helfen wollte, diese Familie aus den Schranken schlichter und ehrbarer Menschensitte noch weiter hinauszudrängen und die Einzige in diesem Kreise, die noch ein Gefühl ihrer Entwürdigung in sich zu tragen schien, um schnödes Geld ebenfalls zu erniedrigen. Ich war drauf und dran, mich aus der Hütte wieder hinauszustehlen, als mich einzelne Worte des Gesprächs in der Nebenkammer festhielten. Ich hörte den sauberen Vater mit lauter Stimme, offenbar um mir zu zeigen, das es an ihm nicht fehlen solle, von dem würdigen Zwecke declamiren, der diese kurze Hintansetzung der Schamhaftigkeit heilige. Einen so tollen Bafel über Kunst und Künstler kramte er aus, daß ich hätte lachen mögen, wenn mir die Sache nicht gar zu nichtswürdig erschienen wäre. Als er nun leiser damit schloß, daß sie seine gute Tochter sein und ihren armen Vater nicht im Stiche lassen werde, wo ein so müheloser und erklecklicher Nebenverdienst sich darbiete, vernahm ich erst eine Zeitlang nur ein ersticktes Schluchzen, dann aber die deutlichen, flehentlich wiederholten Worte: Um Jesu Barmherzigkeit willen, nur das nicht! Die Madonna wird Euch nie so in Noth kommen lassen, daß Ihr mir das anthun müßtet! Vater, ich will ein Jahr länger tanzen, ich will versuchen, ob ich so lächeln lerne, wie die Schwestern, damit Ihr nicht mehr sagt, daß ich die Leute abschrecke mit meinem Gesicht; aber um alle Heiligen, nur das erspart mir!

Ich wäre längst hinzugeeilt, um das arme Mädchen zu beruhigen und ein für alle Mal den Handel abzubrechen, wenn mich nicht die Aeußerungen einer frommen Schwärmerei an diesem Orte noch mehr befremdet hätten, als sie mich mitleidig machten. Dazu war ein so wundervoller Schmelz in der Stimme, daß ich, zu meiner Schande gestehe ich es, fast wünschte, der Alte möchte von Neuem in sie dringen, nur um sie noch länger bitten und klagen zu hören. Das Gespräch wurde aber unverständlich, und nur einmal hörte ich noch das Mädchen ausrufen: Weiß es Carluccio? Er würde es nicht zugeben, Vater, nimmermehr! - Den Namen hatte ich schon auf dem Bettel gelesen; der Bajazzo führte ihn. Wie kam aber dieser niedrige Possenreißer zu solchem Ansehen in der Familie, ja sogar in den Augen der Tochter? Denn daß diese nicht umsonst an ihn appellirt hatte, erkannte ich gleich, als der Alte wieder heraustrat und mir mit ärgerlichem Achselzucken und stillen Verwünschungen seiner eigenen weichen Seele erklärte, daß seine Tochter sich, wie ich wohl gehört hätte, um keinen Preis dazu verstehen werde, die alberne Dirne! Er wolle die Hoffnung indeß noch nicht aufgeben und mir den Erfolg seiner Bemühungen melden, aber ich möchte sonst nichts davon verlauten lassen. Das Letzte flüsterte er mir eilig zu, als eben der Bajazzo sich durch die Thür schob, und trieb mich fast unhöflich hinaus, so daß ich ihn kaum noch bitten konnte, die Sache auf sich beruhen zu lassen und seine Tochter nicht ferner damit zu quälen.

In welcher unmutigen, mit mir selbst grollenden Verfassung ich nach Hause kam, kannst du dir vorstellen. Es war schon genug gewesen, daß ich heute um einen Freund gekommen war. Mußte ich nun in derselben Stunde auch den unschuldigen Gleichmuth verlieren, der das Leben in der Einsamkeit allein erträglich macht? Du wirst mich auslachen, daß ich mir die Sache so zu Herzen nahm. Wärest du noch da gewesen, so hättest du auch wohl diese meine Empfindsamkeit, wie so manche andere, bald wieder wegraisonnirt. Nun blieb mir nur das letzte Trostmittel, was mir Gottlob in aller Noth auszuhelfen pflegt. Mein phlegmatisches Blut trug es über meine verstörten Nerven davon, und ich schlief so friedlich ein, als hätte ich nichts verloren und nichts zu bereuen.

Sobald ich aber am Morgen aufwachte, fand sich die Stimmung des letzten Abends wieder ein. Ich setzte mich vor die Staffelei und freute mich, gleichsam zur Buße mein Bild grundschlecht zu finden. Es wurde mir das nicht schwer. Wenn ich diese tanzenden Mädchen aus Trastevere mit der Erinnerung an Maria Francisca verglich, so schienen sie mir eher in einem anständigen Veitstanz, als in einem fröhlichen Saltarello begriffen. Die eine Figur, die zufällig den Arm genau so gegen die Hüfte stemmte, wie es der ältesten Eberti zuweilen einfiel, wurde mir so unleidlich, daß ich sie unverzüglich von der Leinwand kratzte. Nur die mittlere, die ich am idealsten empfunden hatte, hielt noch ein wenig Stand, bis auf den Hals, der mir ganz stümperhaft auf die Schultern gesetzt schien. Indem ich nun bedachte, wie viel mir für ein solches Detail das Vorbild jener schönen Natur nützen würde, da gerade der Hals und der Ansatz des Nackens bei der Seiltänzerin unvergleichlich war, besann ich mich, daß ich diesen Vorteil wenigstens, ohne dem guten Kinde irgend wehe zu thun, mir verschaffen könne. Zu einer Sitzung im Kostüm war sie gewiß zu bereden, und auf diese Art hoffte ich am besten ihr darthun zu können, daß ich sie wirklich nur mit den Augen des Künstlers betrachtet hätte.

Nun war ich auf einmal ganz vergnügt und ging in die Stadt hinein, um mein Vorhaben alsbald ins Werk zu setzen. Ich bemerkte jedoch, daß es noch sehr früh war, und wollte die Leutchen in der Bretterbude, die ihren Schlaf wohl verdient hatten, nicht zu so ungelegener Zeit überfallen. Darum schlenderte ich einige Straßen weit, um den Tag ein wenig wachsen zu lassen, und trat in die alte Kirche, die neben dem Kloster der Karmeliterinnen steht. Einiger Weihrauch, von der Frühmesse her darin schwebend, lockte mich hinein. Ich fand den marmorkühlen, dämmerlichen Raum ganz leer, die Fenster brannten sanft in der Morgensonne, und die flinken Kirchenschwalben schossen um die Knäufe der Pfeiler nach ihrem Nest, das sie zierlich in der Gipfelblume des Kanzeldaches eingerichtet hatten. Nun setzte ich mich dicht beim Eingang in den vordersten Stuhl, und es war mir bald, als sähe ich die schlanke Gestalt, die mir immer im Kopfe spukte, mit Tanzschritten auf dem Rande des letzten Kirchenstuhles ganz fern einherschreiten, jetzt mit einem leichten Schwung auf den nächsten hinübergleiten, und so an allen der Reihe nach hinschweben, bis sie in meinen helleren Vordergrund kam und verschwand. Nicht lange aber, so kam das liebliche Gespenst wieder zum Vorschein, dieses Mal jedoch in der Höhe auf dem Gesims, das breit über den Pfeilern vortrat, und tanzte bis an die äußerste Spitze hinaus, wo es wiederum in Nichts zerrann. Ich beobachtete mich dabei und suchte den Zustand visionären Selbstbetruges sorgfältig in mir zu unterhalten, um das Vergnügen länger zu genießen, als sich auf einmal aus einem der Beichtstühle im Hintergrunde eine Gestalt erhob, die ich bisher völlig übersehen hatte, da sie mit ihrer dunklen Kleidung gegen den tiefen Schatten sich nicht unterschied. Ein alter Priester verließ wenige Augenblicke nachher seinen Sitz im Innern und ging in das Chor zurück. Die Gestalt aber, den Schleier am Hut niederlassend, schritt nach einer tiefen Verbeugung gegen den Hauptaltar dem Ausgange zu.

Als sie an mir vorbeikam, ohne mit den gelenkten Augen mich auch nur zu streifen, fuhr ich in seltsamer Verwirrung zusammen. Denn ich erkannte deutlich unter dem Schleier die Züge der Aeltesten, und der Gang ließ mir vollends keinen Zweifel übrig. Ich faßte mich noch zeitig genug, um ihre Spur nicht zu verlieren, und ging ihr durch die nächsten Straßen nach, immer noch schwankend, ob ich sie anreden sollte. In einem Gäßchen endlich ergab sich ein Aufenthalt durch einen Handwagen, der den Weg sperrte. Ich stand, erwartend, daß man uns durchließe, eine Weile neben ihr und konnte sehen, daß ich ihr ganz unbekannt geblieben war. Als wir dann weiter gingen, begrüßte ich sie sehr höflich, nannte sie Fräulein Francisca und entschuldigte, daß ich mir erlaubte, sie zu begleiten, da ich eben zu ihrem Vater gewollt hätte. Jetzt erst sah sie mich an und stand einen Augenblick still. Angst, Abscheu und Bestürzung lag auf ihrem Gesichte, so daß ich ebenfalls stehen blieb und erschrocken fragte, ob ihr unwohl sei. Sie schüttelte den Kopf. Verlassen Sie mich, sagte sie plötzlich, Sie irren, mein Herr, wenn Sie glauben, ich wüßte mich gegen Erniedrigungen nicht zu wehren. Diese Morgenstunden wenigstens gehören mir und dem Himmel. Wenn Sie die Seiltänzerin suchen, kommen Sie heut Abend in die Vorstellung.

Ich begriff auf einmal, daß sie mich an der Stimme wiedererkannt hatte und sich ähnlicher Anträge zu mir versah, wie ich sie ihr durch den Vater gemacht hatte. Anstatt aber von ihr zu gehen, sagte ich ihr weitläufig und inständig, wie mich die Reue verfolgt und der Gang zu ihrem Vater vor Allem auch ihr gegolten habe, um mich in ihren Augen wieder zu reinigen. Sie hörte mit unbeweglicher Miene nicht ungläubig zu, aber ihren Blick gönnte sie mir erst wieder, als ich von dem Knaben anfing, wie mir sein sorgloser Schlaf gestern ins Herz geschnitten habe. Sie seufzte tief auf, sprach aber nichts, sondern setzte ihren Weg langsam neben mir fort. Ich fand noch Zeit, sie zu bitten, eine Zeichnung von ihr im Kostüm machen zu dürfen, und sie sagte nicht Ja noch Nein. Endlich, als wir uns belebteren Straßen näherten, flüsterte sie mir zu: Bleiben Sie jetzt zurück, ich bitte Sie. Aber wenn Alles aufrichtig war, was Sie sagten, so kommen Sie morgen wieder in die Kirche. Ich will sehen, ob ich Ihnen vertrauen kann. Ich bin so allein in der Welt, Sie glauben nicht, wie allein. Vielleicht halten Sie mich nicht für unwürdig, mir zu rathen und zu helfen. Und wenn Sie mir ein Zeichen geben wollen, daß kein Falsch in Ihren Worten war, so bleiben Sie heut Abend aus der Vorstellung weg. Versprechen Sie es mir!

Sie hielt mir rasch ihre schmale blasse Hand hin, die ich statt jeder Versicherung herzlich ergriff. Dann sah ich sie in dem Gewühl der Marktleute eilig verschwinden.

Der Tag wollte kein Ende nehmen. Besonders mußte ich am Abend eine starke Anstrengung machen, um nicht trotz ihrer Bitte in die Seiltänzerbude zu gehen, wo sie heute einen Tanz allein aufführen sollte. Als die schlechte Musik drinnen verklungen und Alles wieder dunkel war, strich ich um die Baracke herum und hielt mein Ohr an die dünne Bretterwand, die ihre Kammer abschloß. Es wurde mir leicht, zu verstehen, daß sie Gebete hersagte; auch hörte ich die Kügelchen eines Rosenkranzes auf einander fallen. Dann ward drinnen die Thür lärmend aufgerissen, Carluccio, der Bajazzo, rief in seinem buntscheckigen Jargon etwas herein, was ich nicht verstand, die Stimme des Alten legte sich ins Mittel, und die lärmende Scene schloß damit, daß der aufdringliche Bursche, der stark betrunken schien, vom Vater hinausgeschafft wurde, worauf der Riegel an der Kammerthür klang und nach einer Pause das Murmeln der Gebete von Neuem zu hören war. Ich kann nicht sagen, wie sich in mir die Stimmungen und Gedanken kreuzten. Fast wünschte ich, das räthselhafte Mädchen nie mit einem Blicke gesehen zu haben. Denn die Luft, in der sie lebte, athmete Zügellosigkeit und Fäulniß, und ich hatte von jeher einen natürlichen Hang zur Reinlichkeit in mir gehabt. Ueberdies war mein Gefühl für das Mädchen nichts weniger als Neigung oder gar Liebe. Daß ich immer an sie denken mußte, kam nur aus dem pikanten Widerspruch ihres Gemüthes mit ihrer Lage, und, um mich nicht schlechter zu machen, allerdings mit aus dem tiefen Bedauern, sie ringen und kämpfen zu sehen gegen Verhältnisse, die zu ändern ich doch nicht hoffen konnte.

So ging ich denn mehr mit dem Gefühl, eine traurige Pflicht zu erfüllen, als irgendwie einer Lockung folgend, in der Frühe des nächsten Tages wieder nach der Kirche. Dieses Mal war die Messe noch nicht vorüber; ich sah ein paar abgesonderte Bänke gefüllt mit Karmeliter-Nonnen, und zu meiner größten Verwunderung meine Freundin dicht neben ihnen. Ja sie schien, während sie sich auf ihr Buch bückte, in eifrigem Gespräch mit ihrer Nachbarin, deren weiße Flügelhaube ihr zugewandt war. Als dann das Amt vorüber war und die übrigen frommen Schwestern nach ihrem Kloster zurückgingen, blieb die eine, mit der Francisca sprach, wohl noch eine Viertelstunde zurück und schloß dann das Gespräch mit einer Segensgeberde und einem Kuß auf die Stirn des demüthig vor ihr stehenden Mädchens.

Ich hielt mich still am Eingang der Kirche und ließ sie an mir vorübergehen, als hätten wir uns durchaus nicht früher gesehen. Erst in denselben engen Gäßchen wie gestern, wo ein Thorweg sich in einen öden Hof öffnete, erwartete sie mich und trat mit mir in den vertraulichen abgelegenen Versteck. Sie dankte mir zuerst, daß ich ihr gestern Abend Wort gehalten hatte, worauf ich gutmüthig genug war, mein Horchen an der Bretterwand einzugestehen. Ihr farbloses Gesicht wurde dunkelroth. Sie sagte, ich hätte allerdings dadurch ihr Zutrauen fast wieder verscherzt, aber es sei einmal geschehen, und nun *müsse* sie mich in all ihr Elend einweihen, damit ich ihr nicht mit falschen Einbildungen Unrecht thäte. Und nun erfuhr ich auf einmal ihre ganze Lage. Sie hatte früh ihre Mutter verloren, der sie jeden edleren Trieb der Seele verdankte. Auch den Vater und seine rohen Leidenschaften hatte die sanfte Frau noch zu bändigen gewußt. Zeit ihrem Tode war mit der Erschütterung über den Verlust die Erkenntniß dieser unseligen Existenz über sie gekommen. Ein paar Erbauungsbücher, die ihr irgendwie in die Hände gerieten, nährten die Angst und Sehnsucht, sich dem niedrigen Berufe zu entziehen, und wo sie irgend konnte, hatte sie den Zuspruch geistlicher Väter und würdiger Klosterschwestern gesucht, um ihr unsterbliches Theil wenigstens zu heiligen, wenn sie auch das Sterbliche der Gewalt des Vaters nicht entziehen konnte. Alle Versuche, sich von der Bande loszumachen und in irgend einem bescheidenen Dienst der verhaßten Schaustellung überhoben zu sein, waren an dem kalten Eigennutz des Vaters gescheitert, der seine beste Tänzerin nicht verlieren wollte. Denn das war das Merkwürdigste, und worüber sie sich selbst mit bitterlichen Thränen anklagte, daß sie wirklich von früh an das auffallendste Talent zu diesen Künsten gezeigt hatte. Ach, sagte sie, es zerreißt mich oft, wenn ich so fühle, wie zwei Naturen in mir sind, ein lichter Geist und ein Dämon, und wie der finstere Geist, so lange ich auf dem Seil bin, ordentlich triumphirt, daß er nun allein herrscht, und wie dann mitten unter den verwegenen Sprüngen, bei denen er mir hilft, plötzlich mein Schutzengel mich ansieht, oft in Gestalt einer ehrbaren Frau, die in einer Loge sitzt, oder eines unschuldigen

Mädchens, daß ich dann nicht schnell genug hinunterspringen kann, um in meiner Kammer mich auszuweinen.

Ich faßte ihre Hand, während ihre Thränen flossen, und sagte, um sie zu beschwichtigen, daß ich in ihrem Beruf, so wenig er geachtet werde, an sich nichts Unehrenhaftes entdecken könne. Es komme auf die Art an, wie man ihn treibe. In meinen Augen stehe sie nur desto höher, weil sie nicht, wie so Manche, sich durch die Umstände in den Schlamm hinabziehen lasse, sondern ihren Geist ewigen Dingen zuwende.

Sie sprechen wie ein Mann, erwiederte sie. Ein armes Mädchen hat nichts, worauf es mehr halten soll und muß, als seine Person. Und daß ich jedem Ersten Besten gestatten muß, mich allabendlich anzugaffen, für Geld, daß ich noch einen Aufwand von Kunst machen muß, damit er sein Geld nicht für verloren hält, o, das ist schimpflich, das drückt schon ganz allein in den Schlamm hinab und ist nie wieder zu verwischen und zu verwinden!

Noch lange sprach sie über diesen Punkt, verglich unter Anderm ihr Loos mit dem von Sängerinnen und Schauspielerinnen und kam immer wieder darauf zurück, daß ihr die eigene arge Lust an ihrem Gewerbe im Augenblick der Ausübung die tödtlichste Marter von allen sei. Ueber die Bußen, die sie sich selbst dafür auferlege, ging sie leichter hinweg, wie denn überhaupt in ihrer Art, geistliche Betrachtungen einzumischen, durchaus nichts Prahlerisches durchklang. Die Strenge und wilde Mystik, der sie sich auch späterhin überlieferte, war eine aufrichtige Zuflucht für ihr geängstigtes und aufgescheuchtes Gemüth. Und so gefiel sie mir immer besser, und die Stunde, die wir in jenem Höfchen hinter dem geöffneten Thorflügel zubrachten, verstrich mir so schnell über den Herzensbekenntnissen des armen Kindes, daß ich, als sie endlich ging, mich erst besann, wie wenig sie mir von den übrigen Mitgliedern ihrer Gesellschaft mitgeteilt hatte.

Doch fanden wir uns am folgenden Tage wieder an demselben Orte, und ihr Gesicht sah mir schon vertrauender, dankbarer und selbst heiterer entgegen. Sie gab mir gleich die Hand und nannte mich einige Male »mein Freund«. Das machte mich dreister im Fragen, und ich erfuhr leider mehr, als erwünscht war. Der Vater hatte ihrem entschiedenen Willen, in ein Kloster zu gehen, endlich nichts mehr anhaben können, da sie bestimmt erklärte, wenn er sie hindere, nicht mehr zu tanzen und lieber die schlimmste Behandlung zu dulden. Darauf war eine Art Vertrag zwischen ihnen geschlossen worden, der sie verpflichtete, noch ferner bei der Gesellschaft zu bleiben, bis sie dazu geholfen hätte, eine bestimmte Summe zu ertanzen. Mit dieser wollte der Vater irgend ein Unternehmen bestreiten, das sie mir nicht vertraute, die Tochter aber dann in ein Kloster entlassen. Sie erkannte es selbst, daß ihr Dämon, wie sie ihn nannte, sie bei diesem Vertrage beraten hatte. Denn ihm graute natürlich vor dem Kloster, und da er doch gegen den lichten Geist auf die Länge ohnmächtig war, hatte er sich wenigstens noch eine Frist gesichert, in der er sein Spiel mit ihr treiben konnte. Als ich fragte, ob diese Frist noch lang sei, schüttelte sie den Kopf und wurde plötzlich sehr ernsthaft. Ach, sagte sie, und wenn es erst so weit sein wird, daß ich der heiligen Mutter Gottes allein dienen könnte, steht mir noch das Schwerste bevor. Der elende Mensch, der Bajazzo, hat ein Auge auf mich geworfen, und leider ist der Vater in seiner Hand, wegen einer dunklen Geschichte, um die Carluccio weiß. Dann wird es an mich kommen, über mein und des Vaters Schicksal zugleich zu entscheiden. Aber wie es auch werden mag, das Weib dieses Ruchlosen werde ich nie, und gingen wir alle darüber zu Grunde.

Gegen ihre Geschwister, mit Ausnahme des Knaben, äußerte sie die größte Kälte und Geringschätzung. Wie ich später erfuhr, war nur die Eine eine Tochter des Alten, von einer früheren Primadonna der Truppe, die Andere dagegen ein fremdes Kind, das der saubere Herr Eberti einer armen Frau, bei der es in Kost war, für eine Summe Geldes abgeschwatzt und den Eltern entwendet hatte. Um dieses Geheimniß wußte Carluccio; aber es mochte nicht das einzige sein, mit dem er die Familie in Schach hielt und seinen Anmaßungen Nachdruck gab.

Wenn ich nun an meinen einsamen Tagen dieses Netz von Schmach, Gefahr und Noth betrachtete, von dem das arme Wesen umstrickt war, so verzweifelte ich immer mehr, einen Weg zur Rettung zu finden. Es war freilich leicht, den Schutz der Kirche anzurufen, die Macht genug aufgeboten haben würde, sich der hingebenden Seele zu versichern. Auch versprach ein so ungewöhnlicher Fall, daß eine Seiltänzerin den Schleier nahm, nicht einmal durch unglückliche Liebschaft dazu getrieben, Aufsehen zu erregen, und der Schein des Wunders lag so nahe, daß man das Ereigniß sicherlich gern erbaulich ausgebeutet haben würde. Aber wenn auch die Gefahr für den Vater von Seiten des Hehlers seiner Verbrechen nicht so groß gewesen wäre, - ich konnte nicht glauben, daß mein Schützling den rechten und unfehlbaren Beruf zum klösterlichen Leben in sich trage. Es schien mir mehr und mehr eine überspannte Laune, mit der sie sich einstweilen für ihre täglichen Leiben in der Phantasie entschädigte, um das eine Extrem durch das andere aufzuwiegen. Jene wilde Mystik, von der ich dir schon sagte, hatte bei aller Ehrlichkeit dennoch einen Anstrich von seiltänzerischer Verwegenheit. Sie war ebenso schwindelfrei im Kopf wie in den Füßen, und der Ekstase in ähnlicher Weise bedürftig, wie die Lust an Luftsprüngen ihrem leiblichen Temperament innewohnte. Der einzige Rettungsweg schien mir immer eine plötzliche Heirath mit einem tüchtigen, rechtschaffenen Manne, etwa einem Förster oder Landmann, der ihr Spielraum gegeben hätte, in freier Luft sich zu tummeln, auch wohl sich auf ein Pferd zu schwingen, während sie in der ländlichen Stille sowohl von Meßbuben als von Klöstern für immer fern geblieben wäre. Wo war aber ein solcher Ehrenmann in der Geschwindigkeit aufzutreiben, den überdies keine Vorurtheile von ihr getrennt hätten ? Und war es nicht noch die Frage, ob sie mit einem solchen vorlieb genommen hätte?

Denn leider bemerkte ich, daß sie ihr Herz immer fester an *mich* anhing, der ich wahrlich damals nur die Rolle eines väterlichen Vertrauten zu spielen wünschte. Keine Spur von absichtlichem Entgegenkommen oder Zurückziehen ihrerseits verrieth dies. Aber ihr Blick und ihre heftige Unruhe, wenn ich mich einmal um wenige Minuten bei unserm Stelldichein verspätete, ihr gänzlich willenloses Thun und Lassen nach meinen Wünschen und Rathschlägen, und ihr täglich wachsendes Zögern, unser Gespräch zu endigen, das Alles zeigte mir deutlich, wie es stand. Es war natürlich genug, daß sie das erste uneigennützige Gefühl, welches ihr entgegenkam, mit Leidenschaft erwiederte. Und es machte sie begreiflicherweise nicht abschreckend in meinen Augen. Doch hielt ich jeden Gedanken, mich ihr hinzugeben, für eine Chimäre, und nahm eines nachdenklichen Abends Herz und Kopf gewissenhaft zwischen die Hände, mir einen Vers auf die ganze Sache zu machen.

Als ich aber am andern Morgen, wohlbewaffnet mit den treff-
lichsten Gründen, weshalb ein Fortbestehen unseres Verkehrs uns
beiden nachteilig sei, mich an unserer stillen Hofthür einfand und
sie endlich in dem engen Gäßchen heranschreiten sah, fiel mir schon
aus der Ferne ihr ungewöhnliches Wesen auf. Nun ergriff sie mich
ungestüm bei den Händen, zog mich in den Hof hinein und schlug,
immer noch die eine Hand festhaltend, ihren Schleier zurück. Ihre
Augen waren rotgeweint, die Wangen noch ganz schimmernd von
den Thränen, und ihr voller Mund zuckte unheimlich. Es ist aus,
brach sie hervor, ich habe keine Hoffnung mehr, der Tod ist über
mir, ich erliege ihm! - Mehr war in den ersten Minuten nicht von ihr
herauszubringen. Ich legte wie zum Schutz den Arm um sie - dergleichen hatte ich sonst nie gethan - und bestand darauf, zu wissen,
was geschehen sei. Nun erfuhr ich die nichtswürdigsten Dinge. Der
Alte hatte die vorige Nacht mit Carluccio gespielt und seinen letzten Thaler an ihn verloren. Aehnliche Verpflichtungen waren früher
immer auf das große Conto geschrieben worden; dieses Mal aber
hatte der Wicht darauf bestanden, augenblicklich befriedigt zu
werden, oder Maria Francisca zur Frau zu erhalten. Geschehe Kei-
nes von Beiden, so werde er den Kasten, in dem er die Geheimnisse
der Bande bewahre, weit aufsperren und die Väter der Stadt einla-
den, sich den Inhalt zu beschauen. - In Folge hiervon war der Vater
mitten in der Nacht, halb ernüchtert durch diese Drohungen, in die
Kammer der Tochter gestürmt und hatte ihr angekündigt, daß es
mit dem Kloster auf alle Fälle jetzt vorbei sei, denn sie solle und
werde, ehe eine Woche verstrichen, die Frau des ihr wohlbekannten
Freiers sein. Auf alle Erinnerungen an den alten Vertrag, auf alle
Bitten und Beschwörungen hatte er nur ein wüstes Gebrüll der
Wuth und des Hasses gegen seinen künftigen Eidam, der ihm selbst
leidiger war, als seinem armen Kinde.

Nachdem sie das Alles gebeichtet hatte, bat sie mich, sie um Jesu
willen in diese Hölle auf Erden nicht versinken zu lassen, sondern
ihr den Tod zu geben; daran wolle sie sehen, ob ich wirklich
Freundschaft für sie hege. Denn die Religion verbiete es ihr, den
Tod sich selbst zu bereiten, und leben könne sie nicht. Sie wolle mit
mir in meine Wohnung gehen; dort möge ich ihr den letzten Lie-
besdienst erweisen. Dabei leuchteten ihre Augen so verzweifelt
düster, daß sie manchen Anderen zu dem allerwahnsinnigsten Ver-

brechen verführt haben würden. Noch aber blieb ich Herr meiner Vernunft, schnitt ihr diese tollen Hirngespinnste ohne Umstände durch und rieth dringend zur Flucht. Der tückische Mensch werde die Teufelei nicht so weit treiben, ihren Vater für etwas büßen zu lassen, woran er unschuldig sei. Sie möge also in Gottes Namen ein etwas abseits gelegenes Kloster aufsuchen, wo sie fürs Erste geborgen wäre und späterhin den Schleier nehmen könnte. Alle dem hörte sie mit klugem Besinnen zu, und die Sterbelust schien plötzlich verraucht. Als ich ihr zuletzt jeden Beistand anbot, der in meiner Macht liege, blickte sie mit freien Augen zu mir auf. Ach, sagte sie, nun soll ich meinem Freunde zur Last fallen und werde ihn darüber verlieren! Ich streichelte ihr tröstend die Wangen, und in der festen Meinung, dieses Alles sei eine Veranstaltung der Vorsehung zu meinen Gunsten, um das bedenklich werdende Verhältniß zu lösen, versprach ich ihr, sie bis an die Schwelle ihres Asyls zu begleiten und alle Folgen auf mich zu nehmen.

Diese Worte verwandelten sie förmlich. Ihr Gesicht wurde ganz sonnig, sie sprach von ihrer Flucht, wie ein Kind, das nach dem langen Winter zum ersten Mal wieder über Land gehen soll. Dazwischen freilich zuckte immer wieder ein Schatten. Aber an dem Gelingen unseres Planes zweifelte sie nicht, ja sie deutete allerlei Träume und Visionen, die sie früher gehabt, auf einen glücklichen Ausgang. Und als eine mürrische Alte, die an dem einzigen Fenster des Höfchens manchmal sich gezeigt hatte, ohne uns irgend zu belästigen, heut das Guckloch öffnete und uns mit groben Worten von ihrem Hofe wegschalt, sahen wir dies als den deutlichsten Himmelswink an, daß unseres Bleibens hier nicht länger sein sollte. Wir hatten gerade die letzten Verabredungen getroffen und gingen mit einem inhaltsschweren: Auf morgen! aus einander. Denn es war durchaus nicht räthlich, schon die Nacht zur Flucht zu benutzen, da, wie sie mir verlegen gestand, der eifersüchtige Gesell mehr als einmal mitten in der Nacht sie in ihrer Kammer aufgesucht, oder den Vater mit einem Auftrage an sie hineingeschickt hatte. Auch in den Morgenstunden hätte er sie schwerlich ohne Aufsicht gelassen, wenn er seinen Rausch nicht hätte ausschlafen müssen.

Darum sollte sie nur eine Stunde früher als gewöhnlich scheinbar sich zur Kirche rüsten und mich in meiner Wohnung abholen. Ein Männeranzug und breiter Malerhut versprach sichreren Schutz, als wenn ich bei Nacht und Nebel sie mit Wagen und Pferden entführt hätte. Da sie manchmal, ehe wir uns kannten, den ganzen Tag bis zur Abend-Vorstellung im Kloster bei der würdigen Oberin zugebracht hatte, so konnte ihr Ausbleiben nicht auffallen, und wir hatten viele Stunden voraus, um auch zu Fuß einen beträchtlichen Vorsprung zu gewinnen.

Nun kannst du denken, in welchem Traumzustande ich nach Hause kam. Ehrlich gesagt, es war mir gar nicht geheuer; am meisten gab es mir zu denken, daß ich heute zum ersten Mal eine aufglimmende Neigung in mir verspürt zu haben vermeinte. Ihr kindliches Sichfreuen, ihr festes Vertrauen auf mich ließen sie mir unendlich reizend erscheinen. Gut, daß ihr Sinn so fest auf dem Kloster steht, sagte ich mir. Wer weiß, ob es dir nicht mit der Zeit sehr angenehm und erbaulich vorkommen möchte, dieses durch falsche Selbst-Erziehung und Mangel an aller Elternzucht verbogene Wesen in die natürliche Form zurückzubringen. Du hättest dir was einzubilden, wenn du eine raisonnable Frau aus ihr zu machen verstündest. Aber gewagt wäre es auf alle Fälle.

In der Nacht schlief ich unruhig und glaubte beständig ihr Pochen an der Thür zu hören. Als sie endlich wirklich anklopfte - in grauer Dämmerung - war ich längst angekleidet und machte schon unser Frühstück zurecht. Sie schlüpfte herein mit glühendem Gesicht und einem kindischen, fast ausgelassenen Grauen, wie man es in der Jugend beim Versteckenspielen empfindet. Ich aber hatte mir das Wort gegeben, zur Sicherheit für uns beide die Sache sehr ernsthaft und zweckgemäß zu betreiben, und unser Vorhaben durchaus nicht in einen tollen Maskenscherz ausarten zu lassen. Sobald sie mir diese Stimmung anmerkte, verschwand ihre unruhig vibrirende Munterkeit und machte einer niedergeschlagenen Stille Platz. Sie setzte sich fast wie eine Bettlerin, die man von der Straße hereingerufen, an eine Ecke des Tisches und genoß wenig, nachdem sie leise vor sich hin ein Gebet gesprochen hatte. Kaum wagte sie, im Zimmer sich umzusehen, und betrachtete nur immer das Bild auf der Staffelei, das sich gerade im rothen Morgenschimmer sehr vortheilhaft ausnahm. Dann öffnete ich meinen Schrank und bat sie, sich ihre Verkleidung auszuwählen. Ein leichter Sommeranzug war bald zusammengestellt, nicht von meinem Vorrath freilich, sondern aus den Sachen des armen Horner, du entsinnst dich seiner wohl, des kleinen Bildhauers, der beim Baden verunglückt war und die letzte Zeit ganz bei mir gelebt hatte. Ich trug ihr das Habit in mein Schlafzimmer, wo sie sich nun eilig umzukleiden begann. Während ich nebenan auf sie wartete, dachte ich, wie seltsam es sich gefügt hatte, daß sie nun doch in diesen Räumen sich entkleiden mußte, wo ich zuerst gehofft hatte, nach ihr zu zeichnen. Nur einen Augenblick jedoch wallte das Bewußtsein in mir auf, daß sie in meiner Macht sei. Dann besann ich mich meiner heimlich beschworenen Vorsätze und hielt mich der Thür, die sie nicht einmal verriegelt hatte, fern.

Ich wurde auch bald für mein Ausharren belohnt. Denn der knappe Rock und die hellen Höschen, in denen sie jetzt aus der Kammer trat, kleideten sie allerliebst. Ich setzte ihr noch einen grauen Filz auf das rundgeschnittene Haar und gab ihr eine Mappe zu tragen, so daß sie genau wie ein hoffnungsvoller Zögling der Akademie sich ausnahm. Dabei trat ihr das Blut in die Wangen, als ich sie nun zufrieden musterte, und aus Verlegenheit wurde sie wieder heiterer. Nicht lange, so verließen wir das Haus, ich ebenfalls mit einer Mappe und einer kleinen Jagdtasche beladen, und wanderten durch die kühlen, erst spärlich belebten Straßen zum Thore hinaus, wie man in Düsseldorf Tag für Tag ein paar der Landschaft beflissene Kunstjünger sich aus dem Staube machen sieht.

Die alten Leute, bei denen ich wohnte, schliefen noch, als Francisca zu mir kam. Mein Fortgehen, ohne daß ich hinterließ, wann ich wiederkommen würde, waren sie längst an mir gewohnt, und die Mädchenkleider hatte ich in einem Koffer sorgfältig verschlossen. So ging ich wirklich ohne jede Sorge, daß man uns entdecken könne. Einen ganz ausgeführten Plan hatte ich nicht entworfen; aber daß die Reise uns nicht weiter als höchstens bis Mainz hinauslocken sollte, wo ich meinen Schützling entweder einem Kloster, oder den sicheren Händen einer bejahrten Freundin zu übergeben rechnete, stand fest bei mir. Ich sagte ihr das, und sie hörte es mit einem dankbaren Blick, ohne etwas zu erwiedern.

Nun war es im Juli und der Tag wunderschön, so daß uns bald die Sonne beschwerlich würde. Also spannte ich den grauen Leinwandschirm auf, der zu unserer Landschaftertracht gehörte, und sie hing sich ungeziert an meinen Arm, daß wir im Schatten vor uns unseren wunderlichen Aufzug sahen und lachen mußten. Damit war die feierliche Sammlung, in der wir die Stadt verlassen hatten, unrettbar über den Haufen geworfen, und wir plauderten völlig wie gute Kameraden, die einen Tag lang zusammen frische Luft schöpfen wollen. Sie war auf den Streifzügen der Bande weit durch Deutschland, ein Stück Frankreich und ganz Belgien herumgekommen und hatte doch von allen Städten wenig mehr gesehen, als die nächsten Straßen um den Platz, wo ihre Bude stand, und ein paar Kirchen, in denen sie zu beten und zur Beicht zu gehen pflegte. Dadurch war ihre Vorstellung von diesen Städten eine höchst wunderliche, wie man sie etwa aus einem Guckkasten oder einem Kupferwerke davon trägt. Doch wußte sie den jedesmaligen Eindruck mit irgend einem treffenden Worte so scharf zu bezeichnen, daß es mich sehr belustigte; die Menschen beurteilte sie nach den wenigen Exemplaren, mit denen ihr Beruf sie in Verkehr gebracht hatte. Eine gewisse Klasse von galant brutalen Stutzern, die sich ihr genähert, blieb sich übrigens unter jedem Himmelsstriche gleich, und unser heiteres Gespräch verfinsterte sich, als sie dieser herben Erfahrungen gedachte.

Lange und eifrig sprach sie dann von allen ehrwürdigen geistlichen Vätern und Müttern, die sich ihrer verstörten Seele angenommen hatten. Sie pries das Glück, das sie sich nun so nahe glaubte, in einer lautlosen sonnigen Zelle einzig mit einer höheren Welt zu verkehren und die niedere nur aus dem vergitterten Kirchenstuhl zu betrachten. Als sie merkte, daß ich in diese Weltverachtung nur mit einem zweideutigen Ja wohl! einstimmte, änderte sie das Thema und brachte mich auf meine Kunst zu reden. Ich suchte ihr in der Gegend, durch die wir gingen, Beispiele auf für diesen oder jenen elementaren Satz über Farbe, Licht und Zeichnung und freute mich über mich selbst, wie professormäßig ich mich geberdete, während mich wahrlich dann und wann die Lust beschlich, mitten auf der Landstraße den Schatten unseres Schirmes zu mißbrauchen und die horchend geöffneten Lippen meines schlanken Kameraden nur so kurzweg einmal zu küssen.

Ich will dich nicht länger bei allen kleinen Schicksalen der ersten Tagereise aufhalten. Genug, die gute Stimmung und Zufriedenheit wuchs eher, als daß sie nachließ, und es war mir zu Muth wie den

Kindern im Märchen, die vor dem bösen Oger ziellos in die Welt hineinlaufen. Als wir jedoch im Abendgrauen nach Köln kamen, hielt ich es in keiner Weise räthlich, dort Rast zu machen. Ich fürchtete mich vor Allem, mit dem lieben Geschöpf, das ich mit dem Winke eines Fingers regierte, unter demselben Dache Quartier zu nehmen. Ihr aber sagte ich, daß wir von jetzt an keinen Augenblick vor Nachstellungen sicher seien, und schlug ihr daher vor, in einem Nachen die Reise gen Mainz fortzusetzen. Wir fanden einen Schiffer, der uns in sein Fahrzeug nahm und bald den schmalen Kahn an ein großes holländisches Kohlenschiff anhing, in dessen breiter Furche wir fast ohne Schaukeln gegen den Strom fortschwammen. Der Wind war lebhaft und hielt die ganze Nacht an, so daß der Holländer gute Fahrt hatte. Ich sah, daß mein Schützling in der luftigen Kleidung fror, als die Nacht vorrückte. Doch fand sich zum Glück eine Decke auf dem größeren Schiff, die uns der Steuermann, in dessen heimlichen Schutz wir uns gleich Anfangs eingekauft hatten, bereitwillig zuwarf. Nun ließ ich das Mädchen sich in der glatten Höhlung des Nachens niederlegen, das Haupt auf die Jagdtasche gebettet, und deckte sie mit brüderlicher Sorgfalt zu. Sie lächelte mich an, ehe sie das Kreuz schlug und die Augen schloß. Ich saß auf der Bank zu ihren Füßen und sah in das ruhige, schlafumwobene Gesicht, das gegen den Nachthimmel gekehrt war. Auch jetzt sagte ich mir wieder, daß sie nicht schön sei. Aber es lockten mich ihre Lippen immer mächtiger, und nur die Gegenwart des Schiffers, der seine kurze Pfeife nachdenklich vor sich hin rauchte, hielt mich zurück, meine Gelübde zu verletzen. Dann kam die Müdigkeit auch über mich, ich streckte mich am Boden des Kahnes notdürftig hin und schlief, wie wenn ich daheim in meinem Bette wäre und nie daran gedacht hätte, eine junge Seiltänzerin ins Kloster zu geleiten.

Als ich vor Tage aufwachte, sah ich sie auf dem Bänkchen über mir sitzen und mich mit einer schalkhaften Träumerei betrachten. Sie hielt die Mappe auf den Knien und hatte mit einem Stift ein paar ungeheuerliche Striche auf ein Blatt gezogen, welche die Umrisse meines Gesichts vorstellen sollten. Der Schiffer schnarchte nun seinerseits am andern Ende des Fahrzeugs, und zu beiden Seiten lagen die schönen Rheinufer in der Verzauberung der ersten Frühe. Ich wußte durchaus nicht, wo wir uns befanden. Hinter der Ruine zur

Rechten ging der Mond unter, und jetzt flammte nur noch der Morgenstern in der reinen Höhe. Dazu das Klingen und Seufzen der Wellen und Hahnenschrei in den schlafenden Winzerdörfern, und die süße Stimme des Mädchens, die fragte, wie ich geschlafen hätte - kein Wunder, wenn sich mir Alles zu einem schönen Traum verflüchtigte. - Bald darauf legte das Kohlenschiff bei einem malerischen Nest an. Ein Wirthshaus reckte seinen Arm mit dem Rebkranz so angelegentlich über den Strom hinaus uns entgegen, daß ich sofort den Entschluß faßte, hier den Tag über zu bleiben, wo man uns schwerlich suchen würde, und erst gegen die Nacht weiterzuziehen. Das Mädchen nickte zu allem, was ich vorschlug. Ehe noch ans Aussteigen zu denken war, stand sie schon auf dem Ruderbänkchen, und mit einer Leichtigkeit, über die der Schiffer sich mächtig wunderte, sprang sie die ziemlich weite Strecke über die flache Brandung weg ans Ufer. Drüben erst fiel ihr ein, daß dieses Kunststück an das Leben erinnere, von dem sie für immer Abschied genommen hatte. Sie schlug die Augen vor mir nieder und folgte mir kleinlaut ins Haus.

Der Tag versprach so heiß zu werden, daß eine Wanderung das Rheinufer hinauf, auf welche Art wir uns am sichersten bis Mainz durchgeschlagen hätten, nicht räthlich schien. Und da der Holländer zu Nacht weiter stroman wollte, schlug ich vor, uns die Zeit bis dahin in der kleinen Schenke zu vertreiben und Abends wieder einen Nachen zu miethen, der für ein Trinkgeld hinten angehängt werden könnte. Daß die Sache feuergefährlich ist, sagte ich, brauchen wir dem Kohlenschiffer nicht zu verrathen. - Das war das erste Mal, daß ich eine verliebte Anspielung machte. Sie schien sie gar nicht zu verstehen.

Wir hatten in unserem Stübchen die Jalousieen verschlossen, und Wein und Kirschen standen auf dem Tisch. Als es nun, je mehr die Sonne stieg, desto heimlicher und grüngoldiger um uns wurde, und ich sie in der Sopha-Ecke sitzen und eifrig in einem Gebetbüchlein blättern sah, und im Helldunkel mir die Neigung des Kopfes auf dem wundervollen Halse so gefiel, nahm ich stillschweigend ein Blatt aus der Mappe und zeichnete nach ihr. Sie wurde roth, saß aber mäuschenstill, nur das Buch schloß sie und sah ruhig in ihren Schoß. Ich kam indeß nicht vom Fleck mit meiner Zeichnung; das Gebeugte, Andächtige in ihrer Haltung wollte mir auf die Länge gar nicht zusagen. Und als sie nun selbst von meinem Octoberfest anfing und fragte, was es vorstelle, und ich ihr jene Scenen schilderte, wie ich sie an Ort und Stelle so oft mit immer neuer Wonne erlebt hatte, warf sie von selber die Stirn in die Höhe, und weg war alle Andacht. Ich bat sie, aufzustehen und die Stellung der einen Tänzerin im Vordergrunde nachzuahmen, die sie gut behalten hatte. Sie that es unverlegen und mit der glücklichsten Leichtigkeit. Auch ließ sie sich nicht lange bitten, den Rock abzuwerfen. Als ich ihr aber das Halstuch abnahm und ihr den Hemdkragen zurückschlagen wollte, wehrte sie mich in Verwirrung und mit flehentlicher Geberde ab und ordnete Alles allein, so daß der Hals bis an die Schultern frei wurde. Auch die Arme entblößte sie und faßte mit den beiden Händen geschickt einen Teller, den sie wie ein Tamburin über dem Haupte hielt. Sie lächelte mir unschuldig und freundlich zu und trieb mich an, fleißig zu sein, da sie es nicht lange aushalten würde. Ich aber, der ich ihr am liebsten um den Hals gefallen wäre, auf die Gefahr hin, die schönen Linien des lebenden Bildes zu zerstören, verschanzte mich gegen den bösen Feind hinter meine Mappe, und hatte genau, was ich brauchte, aufgeschrieben, als ihr die Arme ermüdet niedersanken und sie bat, ein wenig ausruhen zu dürfen.

Ich nöthigte sie, von dem Wein zu trinken, den sie aber vorsichtig mit Wasser mischte. Dann setzten wir uns einander gegenüber an das eine Fenster; sie nahm den Kirschenteller auf den Schooß und wir frühstückten zusammen, während wir allerlei kindisches Geplauder führten und uns eifrig bemühten, die Steine so geschickt durch die Spalten der Jalousie zu werfen, daß sie glatt durchflogen und im Bogen in den Fluß hinunterfielen. Ich kann dir nicht beschreiben, in welchem wunderlich unschuldigen Mutwillen wir die Stunde zubrachten. Daß es ein Abenteuer war, eine richtige Entführung, und wir es doch gar nicht auf Liebschaft angelegt hatten, vielmehr hinter uns und vor uns der bitterste Ernst lag, das machte uns die kurze Gegenwart unserer Freundschaft so kostbar und entfesselte und dämpfte unseren Humor in demselben Augenblicke. Wir sahen, nachdem der letzte Kirschkern durch die grüne Jalousie geschnellt war, lange auf den Fluß hinaus, wo in der glänzenden Sonne alle Arten von Schiffen vorüberglitten. Das schien uns alles wie eigens für uns zum Schauspiel bestellt, dem wir aus unserer versteckten dämmerigen Lage behaglich zusahen. Wir fühlten uns so sicher, so festlich und dem sorgenvollen Alltagsleben so ganz entrückt. Mancher Blick der Reisenden auf dem Verdeck der Dampfschiffe flog zu unserem grünen Fensterchen hinauf, und eine Engländerin machte sogar Anstalten, im Vorüberfahren unser Häuschen zu zeichnen. Wir lachten hinter den Stäben unseres Käfichs, und ich blies den Rauch meiner Cigarre durch die Jalousie, um zu erkennen zu geben, welche verstohlene Staffage sich in der Landschaft befinde. Dann sahen wir drüben am Ufer eine Procession daherziehen, der Priester voran mit dem Crucifix, Fähnlein zu den Seiten, Gesang aus dreißig müden und lechzenden Kehlen. Denn kein Schatten, nur eines Strohhalms breit, lag drüben am Wege. Ich wollte schon zu schelten anfangen, als meine Freundin still niederkniete und eine geraume Zeit betend, mir abgewandt, vor ihrem Stuhl liegen blieb. Als sie sich dann wieder erhob, war es mir sehr seltsam, daß ich mich ihr fast wieder entfremdet fühlte. Zum Glück aber kam der Wirth herauf, ich bestellte das Essen auf unser Zimmer, und über Tisch fand sich die trauliche Stimmung rasch und unverkümmert wieder. Ich ließ sie die Wirthin machen, und so gut sie sonst sich in ihre Verkleidung zu schicken und einen munteren Jungen zu spielen wußte, so ganz war sie Mädchen, als sie nun aufstand, die Suppe auszutheilen. Reizend und edel war die Bewegung ihrer Hände, die Handgelenke von der größten Zierlichkeit, und so aß ich zuerst lange nicht, weil ich immer nur hinsah, wie sie Alles anfaßte. Erst als sie roth wurde, folgte ich ihrem Beispiel und scherzte darüber, daß sie so gewandt die Hausfrau zu machen verstehe. Es sei doch schade, so viel schöne Anlagen im Kloster zu Grunde gehen zu lassen. Ob sie nicht lieber bei mir bleiben und die Welt mit mir durchwandern wolle? Zum Heiraten hätte ich ohnehin noch niemals Neigung gespürt, obwohl ich häusliche Bequemlichkeit nicht entbehren möchte. Ich wolle sie feierlich als meinen Bruder adoptiren. Diese Reden machten sie still und verlegen, und sie antwortete nur mit einem tiefsinnigen Kopfschütteln. Nach Tische dann, als ich mich rauchend neben sie aufs Sopha setzte und ihre Hand in die meinige schloß, wehrte sie es mir nicht. Aber plötzlich sah ich, daß ihr die Thränen in die Augen getreten waren, und als ich in der Bestürzung darüber ihre Hand frei ließ, stand sie rasch auf und ging hinaus. Ich fühlte es ihr zu gut nach, was ihr das Herz beklemmte, als daß ich sie mit Fragen hätte drängen sollen. Erschien es doch auch mir immer unnatürlicher, daß in Mainz unserer Reise, unserer Freundschaft und ihrer Freiheit das Ziel gesteckt war. Ueberdies weißt du, Bester, daß ich eigentlich, ohne jede Weiberscheu und trotz mancher flüchtigen Abenteuer, bisher nur nach Männern zu meinem Umgang gesucht hatte. Das Gefühl, einem Weibe wirklich etwas zu sein, überströmte mich damals zuerst mit unbekannter Wonne, mit Stolz und Kraft und Uebermuth. Und wenn ich bedachte, in welcher Umgebung dieses Mädchen so weiblich geblieben war, wuchs meine Verehrung für sie fast über meine Zuneigung hinaus.

Das Alles schoß mir zu Kopf, als sie mich im Zimmer allein gelassen hatte, und im Gewühl dieser durchaus fröhlichen und seligen Empfindungen stand auf einmal der Entschluß fest, sie mit aller Macht vom Kloster zurück und in meinen Armen festzuhalten. Ich war nun ganz ruhig, pfiff und sang die Stube auf- und abgebend vor mich hin, und wartete nur ungeduldig ihrer Rückkehr, um ohne lange Vorrede ihr mein Herz zu öffnen. Aber sie kam immer nicht. Ich ging endlich hinunter und fragte nach ihr. Man wies mich in den Garten, wo ich sie zuerst nicht finden konnte. Denn in meinen Gedanken stand sie so als Weib, als mein Weib, daß ich dem jungen Manne mit dem Malerhut in der Weinlaube mehrmals achtlos vorüberging. Sie selbst aber kam auf mich zu, und als hätte sie geahnt, mit welchen Absichten ich sie aufgesucht, knüpfte sie ein so eifriges Gespräch an über Dinge, die gar nichts mit uns zu schaffen hatten, und sah mich dazwischen so unbefangen an, daß die natürliche Blödigkeit, sich einem Mädchen zum Manne anzubieten, bald in mir lebendig wurde und die Stunden ungenutzt vergingen.

Erst in der Nacht, als wir in einem geliehenen kleinen Kahn, nun ohne die Aufsicht eines Schiffers, hinter dem Kohlenschiff hinfuhren und die Bemannung des Holländers, dem guten Winde und einigen Zugpferden am Ufer sich überlassend, bis auf den Steuermann der Ruhe pflog, erst da kehrte mir die kecke Stimmung des Nachmittags zurück, nicht wenig unterstützt von dem Zauber der Nacht und dem Bewußtsein, daß mir meine Liebste hier nicht entrinnen könne. Sie saß neben mir auf dem Brett, und oft bei einem Schwanken unseres schmalen Schiffchens lehnte sie sich unwillkürlich näher an mich an. Ich legte den Arm um ihre Schulter und ließ ihn dort ruhen, obwohl sie zitterte. Francisca, sagte ich, wir taugen viel zu gut zusammen, als daß Ernst aus dem Kloster werden dürfte. Auch bist du viel sicherer bei mir, denn als Novize, wo dein Vater dich zurückfordern wird, weil du gegen seinen Willen fortgegangen bist. Ich will dir keine Antwort, die mich glücklich machen würde, gleich jetzt ablocken. Beschlaf es diese Nacht und sage mir morgen, ob du mit deinem Herzen ins Reine kommen kannst. Daß ich dich sehr liebe, brauche ich dir nicht lange zu betheuern. Aber es ist durchaus nöthig, daß auch du mich sehr liebst, wenn wir nicht ungleiches Spiel haben sollen. Also überlege es wohl. Ich würde nicht unglücklicher werden können, als wenn du aus übel angebrachter Dankbarkeit oder gar aus einem Rest von Klosterscheu Ja sagtest. Darum lege dich nieder und bedenke und beträume dir die Sache, und sage mir morgen, was aus uns werden wird.

So ungefähr sprach ich und hielt absichtlich an mich, nichts Zärtlicheres hinzufügen. Denn meine Werbung sollte jeden Schein von übereilter Leidenschaft vermeiden und der Gedanke ihr nicht von fern begegnen, daß ich es wohl auch nicht viel ernster meinte, als mancher Andere, dem sie gefallen hatte. Sie aber folgte meiner Bitte nicht, sondern sprach gleich jetzt, mit einer Heftigkeit und Bestimmtheit, als sei sie auf eine Scene dieser Art im Stillen gefaßt gewesen. Nie könne von solchem Glück für sie die Rede sein; ihre Geburt, ihr Leben habe sie ausgestoßen aus der Gesellschaft, aus dem Frieden eines Hauses und Herdes. Es bleibe ihr nun und immer keine Zuflucht als Gott, und je mehr sie mir zugetan sei - und dabei sah sie mir voll und warm ins Auge -, desto fester müsse sie bleiben und ihr eigenes Herz taub machen gegen solche Worte. Auch wisse sie nur zu wohl, daß mich das Mitleiden und meine Güte verblende. Das werde alles von mir fallen, wenn sie erst im Nonnenkleide stecke, und ich würde es ihr noch Dank wissen, daß sie standhaft gewesen sei. - Sie sprach das Letzte unter Thränen, die mir zeigten, wie es um ihre Festigkeit stand. Aber sie wehrte alle weiteren Erörterungen unerschütterlich, obgleich mit dem schmerzlichsten Weinen, ab, und als ich ihre Hände ergriff und leidenschaftlich küßte, zuckte sie zusammen und entzog sich mir in der höchsten Aufregung. Erniedrigen Sie sich nicht! stöhnte sie. Ich bin nicht werth, Ihnen mehr als Mitleid einzuflößen, so lange der Heiland mich nicht mit seinem Blute rein gewaschen hat.

Nach diesem begriff ich wohl, daß für jetzt nichts zu erreichen war. Ich hoffte, daß die folgenden Tage dieser Ueberreizung des

Gemüthes Linderung bringen würden, und zweifelte nicht an meinem endlichen Siege. Sie hatte sich auf den Boden des Schiffchens hingekauert und das Haupt ganz verhüllt. So ließ ich sie mit sich allein, betrachtete das Spiel der Wellen und die immer wechselnden Ufer mit dem geheimen Wohlgefühl, welches uns der Wechsel der Scenerie gewährt, wenn wir in unserem Innern so eben erst uns recht befriedigt haben, und wiederholte mir jedes ihrer Worte, mit denen ich mich immer mehr in dem Glauben bestärkte, daß mich ihr Besitz glücklich machen würde. So seltsam es klingt: ich war durchaus nicht stürmisch aufgeregt, wie es bei einem so plötzlichen Entschluß unter ungewöhnlichen Umständen natürlich gewesen wäre, sondern ich sah das Alles an als einen nothwendigen, zweifellosen Schritt zu meinem Heil. Und über diesen friedlichen Gedanken schlief ich ein und wachte erst auf, als in der Morgendämmerung unser Holländer mit einem kräftigen Ruck ans Ufer stieß.

Desto weniger hatte meine arme Freundin geschlafen, sondern die langen warmen Nachtstunden in heftigem Seelenkampf verträumt. Als wir nun wieder bei einem schmucken Wirthshause ans Ufer stiegen, bat sie mich, sie sich selbst zu überlassen, da sie vor Ermattung sich nicht aufrecht halten könne und zu schlafen begehre. Ich mußte es schon geschehen lassen, daß sie sich in einem Zimmerchen abschloß. Auf meine Bitte, mir die gestrige Frage zu beantworten, hatte sie nur ein stummes, schwermüthig entscheidendes Kopfschütteln. Aber ihr Händedruck war wärmer als sonst und konnte mich schon ein wenig trösten, während ich einsam die kleine Stadt durchstrich, den Berg dahinter bestieg und immer schmerzlicher empfand, wie sehr sie mir fehlte. Zu Mittag kehrte ich zurück; ihre Thür war noch verschlossen. Also mußte ich allein tafeln und wunderte mich, wie verwittwet ich mir dabei vorkam, da ich doch erst Einmal die zierliche Sorge einer Hausfrau gekostet hatte. Ich saß im Garten, wo die betäubende Hitze freilich nicht am erträglichsten war. Aber ich konnte von meiner Laube aus ihr Fenster im Auge behalten, dessen Vorhänge sich noch immer nicht bewegen wollten. Erst da die Schatten schon lang wurden, erschien ihr Gesicht oben über den Wipfeln der Apfelbäume. Als sie mich entdeckte, nickte sie freundlich herunter und rief, daß sie sogleich in die Laube kommen würde. Ich empfing sie mit tausend Freuden, und sie schien mir zugethaner als je, nur daß sie jedes Gespräch über das, was mir das Wichtigste war, vermied. Ihr Gesicht war nach dem Schlafe blühend und frisch geworden, ihre Augen höchst lebendig. Sie tafelte nach, trank ein wenig Wein, fragte den Kellner nach dem Wege und wie weit wir noch bis Mainz zu reisen hätten, und erschien mir durch die schalkhafte Sicherheit ihres Wesens zugleich liebenswürdig und räthselhaft. Wir machten mit dem Wirthe aus, daß er uns einen kleinen Wagen für die Nacht leihen sollte, da der Holländer dieses Mal nicht über Tag gerastet hatte und die Rheinfahrt im Nachen gegen den Strom beschwerlich gewesen wäre. Schon wurde es kühl und abendlich, schon ward das Wägelchen, das uns führen sollte, aus dem Schuppen gezogen, als plötzlich ein rasches einspänniges Gefährt in den Hof rasselte und eine nur zu wohl bekannte Gestalt heraussprang. Francisca, die so eben ins Haus zurück gewollt hatte, um ihre Mappe zu holen, sah den Verfolger, der Niemand anders war, als Carluccio der Bajazzo, zuerst und kehrte todtenblaß in die Laube zurück. Auch ich erschrak heftig. Der Weg aus dem Garten ins Haus ging über den Hof; aber ich hatte eine Seitenthür entdeckt, die geraden Weges ans Ufer führte. Lassen wir Alles im Stich, sagte ich rasch, und suchen den Fluß zu erreichen. Wir finden sicher einen Kahn, der uns stromab trägt und den Schurken irre macht. - Bebend hing sie sich an meinen Arm, und wir gewannen glücklich das Ufer, an dem sich mehrere Gondeln und Kähne schaukelten. Sie springt in den einen, ich löse den Strick, der um den Pfahl am Ufer geknüpft war, da sehe ich den verhaßten Feind wie einen Tollen aus dem Hause stürzen und auf uns zu. Ich kann nur noch in den Kahn springen und mit dem Ruder abstoßen. Aber der flinke Teufel ist wie der Blitz bei uns, hascht den Strick, der in den flachen Wellen nachschwimmt, und zieht mit aller Macht, indem er ein Hohn- und Triumphgeschrei aufschlägt, unser Fahrzeug ans Ufer zurück. Wütend erhebe ich das Ruder und drohe, ihm die Hände zu zerschmettern, wenn er den Strick nicht fahren lasse. Er zieht nur stärker an, ich hebe das Ruder, und der heftige Schlag trifft seine Stirn mit solcher Gewalt, daß du heute noch die breite Narbe gesehen hast. Damals aber dachte ich nicht anders, als ich hätte den Elenden erschlagen. Denn augenblicklich ließ er die Hände sinken, das Blut stürzte ihm über Stirn und Augen herunter, und besinnungslos fiel er um.

Man hatte den ganzen Austritt aus dem Hause mit angesehen und eilte jetzt heraus, dem Verwundeten zu Hülfe. Unsere Lage wurde bedenklich; denn wenn man auch den wahren Zusammenhang nicht ahnte, so verrieth doch unsere hastige Flucht aus dem Garten ein böses Gewissen. Indeß hatte ich die Kellner durch reichliche Trinkgelder schon vorher mir geneigt gemacht, und da der Wirth selbst nicht im Hause war, überredete ich die übrigen Hausgenossen leicht, das schnell und ungeschickt ersonnene Märchen, das ich ihnen zum Besten gab, zu glauben. Der Besinnungslose wurde in ein Bett getragen, und ein Arzt war rasch bei der Hand, dem ich Geld für den Kranken und die Weisung zurückließ, wohin er sich in möglichen schlimmen Fällen zu wenden habe. Nachdem Alles dergestalt geordnet war und ich die Beruhigung erhalten hatte, daß die Wunde das Leben nicht gefährde, betrieb ich unverzüglich unsere Abfahrt. Wir hatten keine Zeit zu verlieren; denn als unsere flinken Pferde eben anzogen, sahen wir in der Ferne die Ortspolizei stattlich gegen die Schenke vorrücken, wo sie nun aber das Nachsehen hatte.

Erst jetzt, da wir den Ort dieser jähen Schrecken im Rücken hatten, konnte ich mich um meine Gefährtin bekümmern, die in willenloser Betäubung mechanisch all mein Thun begleitet hatte. Die herzliche Frage, die ich an sie richtete, löste den Bann, der über ihr zu liegen schien. Sie brach in krampfhaftes Weinen aus, und das erste Wort, dessen sie wieder mächtig wurde, war die Bitte, umzukehren und sie bei dem Verwundeten zurückzulassen. Sie sehe es jetzt erst ein, wie frevelhaft sie mich in den Strudel ihres Unglücks mit hineingerissen habe, wie viel Gefahr und Mühe und Ungelegenheit sie mir bereite. Sie wolle lieber zum Vater zurück, als mich fernerhin solchen Auftritten aussetzen. - Nichts leichter, sagte ich, als uns für immer zu beruhigen. Wenn du einwilligst, meine Frau zu werden, so habe ich größere Macht über dich, als dein Vater, und kann all seinen Ansprüchen getrost die Stirn bieten. - Sie schwieg und weinte fort. Ihre Lippen bewegten sich, und ich glaubte einzelne Gebetworte zu vernehmen. Dann lag sie eine Zeitlang im Wagen, das Gesicht in ihr Tuch gedrückt. Endlich sah sie auf. Sie schien durch einen plötzlichen Gedanken beruhigt worden zu sein. Mit dem seelenvollsten Blick reichte sie mir die Hand. Sie sind gut! flüsterte sie, ich fühle nur zu sehr, was Sie mir sind, Alles in Allem. Aber ich müßte mich ewig verachten, wenn ich Ihre Güte mißbrauchte. Nein, Sie sollen kein Seiltänzerkind durchs Leben führen. Aber ich nehme die Rettung, die Sie mir bieten, dennoch an. Lassen Sie mich morgen vom Priester Ihnen antrauen. Aber vom Altar weg, wo ich Ihnen ewige Treue gelobt, geht mein Weg in das nächste Kloster. Ich muß es Ihnen gestehen: das ist mein bitterster Kummer, daß ich Ihnen nicht anders angehören darf, daß meine schmachvolle Jugend ewig zwischen uns steht. Aber es wird mir in meiner Buße und Einsamkeit ein Trost für immer sein, daß ich Ihnen geistig zugehöre. Und wenn es meinem Vater gelänge, mich aufzufinden und während des Probejahres zurückzufordern, so können Sie dazwischentreten, und Ihre Einwilligung zu meinem Schritte wird meine Ruhe sichern und mich vor der Rückkehr in die Welt beschützen.

Ich traute meinen Ohren kaum, als ich diese abenteuerliche List, diese überspannte Liebe und Entsagung in Einem Athem vernahm. Da aber alles Einreden vergeblich war und sie daraus bestand, nur das von meiner Freundschaft anzunehmen, oder dahin zurückzukehren, wo sie sich mit Schaudern Carluccio auf seinem Wundbette vorstellte, versprach ich ihr, Alles genau nach ihren Worten zu thun, und wir feierten, während das Wägelchen neben dem dunklen Rhein lustig hinfuhr, eine der seltsamsten Verlobungen, die vielleicht je geschlossen worden sind. Sie litt es, daß ich sie küßte, während sie still mit beiden Händen meine Hand drückte und halblaut vor sich hin sagte: Lieber, Liebster, lieber Mann, mein einziger Freund, alle Heiligen seien dir hold! und so ins Unendliche.

Um Mitternacht kamen wir in Coblenz an. Ich bestand darauf die Reise nicht fortzusetzen und morgen in aller Frühe hier unseren Scheinbund einsegnen zu lassen. Während sie im Wirthshause zurückblieb, lief ich eilig zu einem Geistlichen, den ich auf einer früheren Reise kennen gelernt hatte. Ich pochte ihn aus dem Schlaf und stellte ihm die Sache vor, wie sie mir am günstigsten war, daß ich dieses Mädchen einem barbarischen Vater und niedrigen Künsten entführt hätte, da ihre Seele Gefahr gelaufen, Schaden zu leiden. Ich erlangte, indem ich das Kloster natürlich verschwieg, besonders auch durch ein ansehnliches Geschenk an die Kirche, Dispens von allen weiteren Förmlichkeiten und das Versprechen, morgen nach der ersten Messe zu unserer Trauung bereit zu sein.

Mit dieser guten Nachricht kehrte ich in unser Wirtshaus zurück, wo meine schöne Braut sich in ihrem Zimmer sorgfältig verriegelt hatte. Ich sagte ihr den Erfolg meiner Bemühung durch das Schlüsselloch und empfing die dankbarste, zärtlichste Gutenacht zurück. Dann legte ich mich, sehr zufrieden mit dieser Wendung unseres Geschicks, zum Schlafen nieder und träumte die angenehmsten Dinge.

Am Morgen klopfte es sacht an meine Thür, als ich eben in schweren Sorgen herumging, woher ich ein irgend anständiges Hochzeitskleid für meinen Schatz nehmen sollte, da mir jetzt erst ihre Verkleidung aufs Herz gefallen war. Aber die Thür ging auf, und meine Liebste stand vor mir in einfacher schwarzer Seide, einen Schleier und Kranz im Haar, hinter ihr die Wirthin, die sie schon gestern Abends eingeweiht und um ihren Beistand gebeten hatte. Ich war entzückt, ihr liebes lächelndes Angesicht, das sich an meiner Verwunderung weidete, nun vor einer dritten Person küssen zu dürfen, und lud fröhlich die Wirthin mit ihrem Eheherrn zu Zeugen unserer Hochzeit.

Alles verlief in der besten Ordnung. Als wir aus der nahen Kirche Hand in Hand zurückkamen, war es noch so früh, daß unser Zug kein Aufsehen machte. In großer Heiterkeit, die besonders durch die rüstige Wirthin angefeuert wurde, frühstückten wir zusammen, und die gute Alte, die an der ganzen Sache nicht den geringsten Anstoß nahm, gab mir Rath, wie ich meiner jungen Frau in der Geschwindigkeit zu einer kleinen Aussteuer verhelfen konnte. Ich aber zog es vor, die Hochzeitsreise in dem alten Kostüm fortzusetzen, und nachdem wir noch ein festliches Mahl selbviert gehalten hatten, wobei der Wirth seinen besten Wein nicht schonte, stiegen wir wieder ein und fuhren in unserm leichten Wagen davon, der uns von den Mädchen im Hause mit zwei großen Kränzen bunt und lachend behängt worden war.

Welchen Weg nehmen wir? fragte meine Liebste, als wir allein waren. Liegt das Kloster außerhalb der Stadt? - Das Kloster nicht, Herz, aber das Leben und unser Haus. - Sie sah mich erblassend an. Was sagst du da? sprach sie ernsthaft und schlug die Augen nieder. - Daß ich der Narr nicht sein werde, Kind, jetzt, wo ich dich habe, dich an irgend wen in der Welt wieder auszuliefern. Ich habe alle

Macht über dich, die mein Herz nur wünschen kann, und denke sie ehrlich zu behaupten. Nur in dem Falle, daß du dein Bekenntniß, mich zu lieben, widerrufst ...

Sie warf sich in meinen Arm und küßte mich innig. Ist es denn möglich? rief sie. Du willst es mit mir wagen? Du willst vergessen, was hinter mir liegt? Ich soll eine Zukunft haben, einen Mann, der mir angehört vor der Welt, ein Haus, einen Herd, ein Leben? Nein, du wirst es bereuen, du wirst eines Tages dich besinnen, wo du mich aufgelesen hast, und mich verstoßen. Aber gleichviel, ich müßte dich nicht von der ersten Stunde an geliebt haben, wenn ich jetzt stark genug wäre, an das zu denken, was kommen wird. Und Gott ist mein Zeuge: noch heut in der Frühe ahnt' ich nicht, daß es möglich sei. Nur das machte mich selig, daß du in Zukunft der Mann keiner Anderen sein könntest, so lange ich am Leben wäre. Und nun willst du mein Mann sein und mich zur Frau haben! Ist es denn wahr? Ist es dein Ernst? - Ich hielt sie lange in der innigsten Umarmung. Vertraue mir, sagte ich, so wirst du mich immer glücklich sehen.

Gott weiß, daß ich nicht zu viel versprach. Denn in den fünf Jahren, daß ich sie besessen habe, waren mir nur die Tage und Wochen trübe, wo ein Hauch des Mißtrauens zwischen uns kam. Sie hatte ein reines, sicheres, zutrauliches Verhältniß nie gekannt, denn die Menschen, die ihr zunächst standen, sahen sie um ihres mystischen Ernstes willen mit schiefen Augen an, und selbst der Vater heuchelte, durch eine seltsame Art von Achtung beherrscht, in ihrer Gegenwart ein ehrbares Wesen, das freilich im Rausche jeder Nacht desto eiliger von ihm fiel. So war sie gewöhnt worden, überall auf ihrer Hut zu sein und Schlimmeres zu befürchten, als sie mit Augen sah. Und obwohl ich mir bewußt bin, auch in Stunden des innerlichen Unfriedens, wie jeder strebende Künstler sie kennt, niemals ihr Anlaß gegeben zu haben an meinem Herzen zu zweifeln, so legte sie sich doch eine jede Wolke auf meiner Stirn zu ihren Ungunsten aus, klagte sich leidenschaftlich an, daß sie mich unglücklich mache, bat mit Thränen sie zu verstoßen, und als sie im Laufe der Zeit begriff, daß solche Scenen mich nur tiefer aufregten und bekümmerten, nahm sie ihre Zuflucht wieder zur Kirche und verbarg mir ihre stillen Nöthe, die sie doch eher mir, als jedem Priester hätte beichten müssen. Denn wer anders hatte Trost für sie, als ich? In solchen

Tagen litt ich unsäglich. Ich verzweifelte fast, daß ich je im Stande sein würde, was verschroben in ihr war, auszurotten und eine Seele, die Jahre lang das unheimliche Spiel der widersprechendsten Aufregungen erduldet hatte, auf die friedliche gerade Mittelstraße eines alltäglichen Glückes zurückzuführen. So dankbar sie alles empfing, was ich ihr zu Liebe thun konnte, ich merkte doch, daß ihr ein Hang zum Abenteuerlichen, zum Sprung- und Schwunghaften unvertilgbar im Blute stak. Dabei hatte dieser Hang durchaus nichts Abstoßendes; vielmehr riß er mich mit fort, und ich fühlte mich durch das Ueberfliegende ihrer Natur wundersam erfrischt und gehoben, zumal sie ihre beste Schwärmerei in ihre Liebe zu mir hineinlegte und auch nach der Zeit der ersten Flitterfreuden mit einer phantastischen Heftigkeit an mir hing, die unwiderstehlich war.

Wir brachten den Rest des ersten Sommers in München zu, und sie schickte sich mit fast ängstlichem Eifer in alle Pflichten einer Hausfrau. Wie reizend war sie da, wie rein trat die unverdorbene Weiblichkeit in der Stille unseres Lebens hervor!

Vom Vater hörten wir lange Zeit nichts mehr. Erst ein Jahr nach unserer Flucht, als sie mir eben ein schönes Kind, ein Mädchen, geboren hatte, kam ein Brief aus einem entlegenen Winkel Polens, der mich auf großen Umwegen gesucht hatte. Wegen irgend eines schändlichen Verbrechens, über das auch Carluccio heute nicht mit der Sprache heraus wollte, weil er den Helfershelfer gemacht hatte, war der Alte angeklagt worden und hatte es vorgezogen, mit einigen Trümmern seiner Bande zu fliehen. Vorwürfe enthielt das unleserliche Blatt nicht, aber die Bitte um Unterstützung, die ich natürlich nicht abweisen konnte, zugleich aber verbat ich mir jede weitere briefliche Zudringlichkeit und verschwieg die ganze Sache meiner Frau, die immer wieder frohlockte, daß ihr kleines Geschöpf keinen Zug der Mutter im Gesicht trage, und den Himmel beschwor, auch jede andere Aehnlichkeit mit ihr zu verhüten.

Damals that ich Einsprache gegen dieses Gebet. Und heut und alle Tage muß ich jammern, daß es unerhört geblieben ist.

Denn kaum war das süße Ding zwei Jahre alt und ging und Stand sicher auf den zierlichen Füßen, so erwachte eine Lust zum Klettern und Springen und Tanzen in ihr, die weder mit Güte noch mit Strenge niederzuhalten war. Ich für mein Theil fand ihre Bewegungen viel zu lieblich, um mir dieses unschuldige mütterliche Erbtheil nicht wohlgefallen zu lassen. Nur wenn sie sich im Gärtchen zu hoch verstieg, oder versuchte, oben auf der Lehne der Bank hinzugehen, hob ich sie augenblicklich herunter und verbot ihr solche Angstspiele. Ihre Mutter aber gerieth, schon wenn sie das Kind springen oder auf einen Stuhl klettern sah, in die größte Aufregung. Sie, der sonst nie ein heftiges Wort entschlüpfte, konnte dann das unschuldige Wesen in maßlosem Zorn ausschelten und, wenn dergleichen an demselben Tage sich wiederholte, ihren Liebling so streng züchtigen, daß sie sich nachher selbst die schwersten Vorwürfe machte. Ach, sagte sie dann, ich habe es ja gewußt, früh oder spät wird es sich rächen, du hast dir das Unglück ins Haus gebracht, es erbt fort, und nun ist es zu spät, es aufzuhalten.

Ich suchte ihr das Thörichte dieses Kummers auszureden, ihr begreiflich zu machen, daß die Freude am Springen und Tanzen einem Mädchen keine Schande mache, daß ja sie selbst trotzdem eine so gute Frau geworden sei. Es war aber Alles an ihrem seltsamen Vorurtheil verschwendet, und sie brachte es auch wirklich dahin, daß das arme Kind nur mit ehrbaren gemessenen Schritten gehen durfte und jede Neigung, einen Baum zu besteigen oder auf der Gartenmauer hinzuwandeln, als die schlimmste Sünde ansehen lernte.

So war unser kleiner Schatz vier Jahre alt geworden, sang mit seinem silberhellen Stimmchen kleine Lieder, zeichnete mit dem größten Eifer Figuren auf eine Schiefertafel, die Blumen und Vögeln gar nicht mehr so unähnlich sahen, und erfreute jeden Menschen mit dem reizendsten Lächeln, das ich jemals auf einem Kindergesicht habe glänzen sehen. Wir waren seit einigen Monaten in Innspruck, und es ging stark auf den Herbst zu. Eines Abends kam ich mit meiner Frau, die eine dunkle Angst nach Hause trieb, früher als gewöhnlich vom Spaziergang zurück. Ein Hintergebäude unseres Hauses war im Bau begriffen, und allerlei Balken und Bretter lagen umher. Es war der Magd wieder und wieder eingeschärft worden, das Kind nicht in den Hof, am wenigsten aber auf die Balken klettern zu lassen. Nun hatte eine Liebschaft mit einem der Zimmerleute sie doch hinabgelockt, und eben da wir in den Hof traten, sahen wir unser kleines Mädchen einen ziemlich breiten Balken besteigen, dessen eines Ende in einem Fenster des ersten Stockwerks ruhte, während das untere noch am Boden lag. Die Magd hatte sich einen Augenblick entfernt; die Arbeiter standen oben und unten und ermunterten mit lautem Zuruf frevelhaft das tollkühne Kind, das freilich so leicht und sicher den schrägen Balken erstieg, die Händchen in die Seiten gestemmt, daß keinem die Gefahr vor die Seele trat. Mir aber sträubte sich das Haar. Ich hatte nur so viel Besinnung, meiner Frau, die wie der Tod darein sah, die Hand vor den Mund zu drücken, daß sie nicht durch einen Anruf das Kind erschreckte, eben jetzt, wo es sich dem Fenster näherte. Aber das Verderben kam unaufhaltsam. Noch sehe ich, wie das holdselige Gesichtchen auf dem obersten Ende des Balkens stehen blieb, mit dem fröhlichsten Lächeln von der Welt sich zu seinen Zuschauern umwandte - und jetzt mich und die Mutter erblickt, plötzlich sich an das Verbot erinnert und im Schrecken alle Vorsicht vergessend mit einem Schrei, den ich bis an den jüngsten Tag hören werde, in die Tiefe stürzt. -

Er schwieg, und eine ganze Weile gingen wir stumm neben einander hin, denn die Schrecken jener furchtbaren Stunde, die alle wieder in ihm lebendig wurden und mich durch und durch erschütterten, verschlossen uns beiden den Mund. Endlich wälzte er mit einem tiefen Seufzer die Wucht der Erinnerung von seinem Herzen zurück und sagte wie für sich: Das war der Anfang des Endes! Ach, Liebster, wenn der Blitz mir den kleinen Engel an der Seite erschlagen hätte, es wäre eine mildere Schickung gewesen als das. Ich hätte dann doch meine Frau behalten! - - Nun hat mich der Eine tückische Schlag völlig zum armen Manne gemacht.

Denn der Rückschlag, den das Entsetzliche auf das Gemüth meiner armen Geliebten machte, war fast noch jammervoller, als der Anblick meines todten Mädchens. Eine Starrheit fiel über sie, eine fast irrsinnige Verschlossenheit gegen Alles in ihrer Nähe außer gegen den kleinen blassen Leichnam, den sie ganz allein die Treppen hinaustrug, wusch, ankleidete und wie zum Schlafen in das kleine Bett legte. Sie redete nichts mit mir, gab auf keine Frage Antwort, nur legte sie den Finger auf den Mund und wies nach dem Bettchen. Dann und wann hörte ich sie murmeln: Ich hab' es ja gewußt! - Das Herz wollte mir brechen, und ich lief ins Freie, mich auszuweinen und Fassung zu erringen.

Erst als wir unser armes Kind begraben hatten und Hand in Hand unter der großen Menge mitleidigen Volks den Kirchhof verließen, sprach sie wieder mit mir. Der Ton ihrer Stimme war dunkel und sanft, und ihr eigenes Sprechen verhalf ihr zu lindernden Thränen. Aber diese weiche Stimmung hielt nicht vor, und bald trat wieder eine starre Abkehr von allem Trost an die Stelle. Sie schloß sich des Nachts in einer kleinen Kammer ein, wo sie auf dem harten Boden lag, schlaflos, betend, wimmernd, unzugänglich für all mein Bitten und Beschwören. Auch die Reise, die wir gleich nach dem Begräbniß antraten, vermochte nichts über ihr verstörtes Gemüth. Viertelstundenlang freilich schien sie die Alte zu sein. Dann aber versenkte sie ein Blick auf das goldene Kreuzchen, welches die Kleine Tag und Nacht am Halse getragen und das nun an dem ihrigen hing, in die alte Düsterkeit. Sie stieß dann wie im Selbstgespräch die härtesten Anklagen gegen sich hervor, besprach sich mit Gott über ihre Seele und die unsühnbare Schuld, die sie gegen mich auf sich geladen, und fragte bei jedem Hause, ob dies das Kloster sei und ob man sie nicht ausstoßen werde, da sie fünf Jahre zu spät komme. Nur selten gelang es mir, diesen tödlich finsteren Geist zu besiegen und mit doppelter Wärme und Innigkeit sie zu rühren, daß sie mir versprach, sich mir zu erhalten. Aber als vierzehn Tage vergangen waren und keine Aenderung in ihrem Zustand sich zeigte, verlor ich meinen Muth ganz und ergab mich einem hoffnungslosen Hinbrüten, so daß wir halbe Tage lang kein Wort mit einander wechselten.

Ich lebte erst wieder ein wenig auf, als wir aus dem einsamen Gebirge herauskamen und in das Thor von Wien einfuhren. Das rauschende Leben in der großen Stadt schien auch meine Frau ihren qualvollen Träumen zu entreißen. Ja sie ließ es ruhig geschehen, als ich sie Mittags an die Table d'Hôte führte, wo eine zahlreiche Gesellschaft geräuschvoll beisammen war. Die Erscheinung Francisca's in tiefer Trauer, die rund abgeschnittenen Haare durch ein schwarzes Band über der Stirn zusammengehalten, dazu die tiefdüsteren Augen, die kaum einmal die Anwesenden überblickten, - das Alles machte einen plötzlichen Eindruck auf die Gesellschaft. Aber während er den Uebrigen wieder verschwand, sah ich, daß die Blicke einiger Herren am anderen Ende des Tisches beständig auf uns gerichtet blieben und ein flüsterndes Gespräch sich ohne Zweifel mit uns beschäftigte.

Ich achtete nicht sonderlich darauf, bis plötzlich Francisca mir ins Ohr sagte, daß ihr unwohl werde und sie hinaufgehen wolle. Wir verließen die Tafel, und sie sagte mir, als wir oben allein waren, mit einem seltsam verstörten Gesicht: Man hat mich erkannt; sie wissen, wer ich bin, wer ich war. Laß uns fliehen! - Mühsam überredete ich sie, daß nichts geschehen sei, was sie irgend kränken könne. Sie falle den Leuten auf durch ihre Haartracht und die Trauerkleidung. Wenn es sie aber beruhige, so wollten wir morgen aufbrechen. Ich müsse nur zuvor zu einem Banquier, mich mit Geld zu versehen. - Das machte sie scheinbar ruhig; sie trieb mich an, unverzüglich zu gehen und bald wiederzukommen. Sie selbst wolle indeß schlafen. - Und so ging ich von ihr.

Ich warf mich in einen Fiaker, der mich in kaum einer Stunde hin- und zurückbrachte. Als ich in bangen Gedanken das Haus wieder betrat, händigte mir der Portier den Schlüssel ein. Madame sei einer Besorgung wegen ausgegangen. Aber nicht *mich* hatte sie durch diese Bestellung täuschen wollen. Auf dem Tisch in unserem Zimmer fand ich einen versiegelten Brief, der, wie ich lange gefürchtet hatte, Abschied nahm. Sie dankte mir mit der rührendsten Zärtlichkeit für alles, was ich ihr gewesen sei und ewig bleiben würde. Aber unsere Kinder, wenn Gott uns Ersatz für das entrissene hätte gönnen wollen, würden gebrandmarkt sein durch die Jugend ihrer Mutter, und sie selbst verfolge der Fluch. Die Herren, die bei Tische sie wiedererkannt, hätten in Brüssel schon vor Jahren einmal ihr nachgestellt, und als ich weggewesen, habe sie im Hof die Mägde laut davon reden hören, daß die Dame eben eine Seiltänzerin sei. Es sei nun entschieden. Sie kehre nun in Gottes Arm zurück, der aus Gnaden sie nicht zurückweisen werde. Ich solle für sie beten, wie sie für mich und ihr Kind alle Tage ihres Lebens beten würde. Aber sie aufzusuchen, sei vergebens. In einem wunderbaren Gemisch der andächtigsten Segenswünsche und der glühendsten Liebesschwüre endete der Brief. - Ich steckte ihn ein und rannte, Tod und Elend im Herzen, in die Stadt hinaus, und ging straßein und aus und stierte in alle Fenster und pochte an alle Kirchen- und Klosterpforten, bis ich um Mitternacht in einem kleinen Kaffeehause in der Vorstadt wie ein Trunkener umsank und so die Nacht liegen blieb. - -

Seit jenem unglückseligen Tage sind zwei Jahre vergangen, in denen sie für mich verschollen blieb. Noch heute begreife ich nicht, wie es ihr gelingen konnte, jede Spur von sich völlig auszulöschen und den verzweifelten Nachforschungen, die ich anstellte, zu entgehen. Ich schweifte seitdem in der Irre umher, strich durch Böhmen, Ungarn und die Lombardei, ließ mich plötzlich durch eine betrügliche Ahnung nach Mainz jagen und dann, da auch dort Alles von ihr schwieg, den Rhein hinab bis an die Nordküste von Holland. Mit welchen Empfindungen sah ich die Stromufer und kleinen Winzerstädtchen wieder, die einst unser aufwachendes Glück beschirmt hatten! Erst jetzt glaubte ich an meinen Schmerzen ganz zu erfahren, wie theuer sie mir gewesen war. Und der Gedanke, daß nicht der Tod, den Gott sendet, sondern ein eigensinniger Wahn mich meines Theuersten beraubt hatte, daß sie selbst vielleicht schon jetzt in ihrer Klosterzelle eingesehen, wie schwer und frevelhaft sie uns beide um unser heiliges Anrecht an Glück betrogen, jetzt, wo alle Reue sie mir nicht wiedergeben konnte, - dieser Gedanke lag mir wie ein Alp auf der Brust und hielt jede Lebenskraft danieder.

Und so bin ich dir ewig Dank schuldig, wandte er sich zu mir, indem er seinen Arm im Wandern um mich schlang, daß du mich aus meinem lebendigen Begräbniß aufgestört und in diese Gegend entführt hast, wo sich die Wolken über mir zertheilen und mein Himmel sich reinigen sollte, wenn er auch hinfort dunkel und sonnenlos bleiben wird. Seitdem ich weiß, daß sie todt ist, hat der Gedanke an sie seinen schärfsten Stachel verloren, und ich kann hoffen, daß der wunde Fleck in mir mit den Jahren ausheilen wird. Ob ich wieder ein froher Mann werde - Gott weiß es!

Ist doch selbst der hartgesottene Sünder, Carluccio, nicht der Alte mehr und sagte es mir mit baren Worten, daß ihm das Schicksal der unglücklichen Frau immer noch nachgehe wie ein Schatten. Er habe sie kaum wiedererkannt, so sei ihr Auge matt und ihr Mund bleich gewesen. Wie eine Heilige habe sie ihn angesehen. Erst nach und nach konnte ich von ihm erfahren, wie Alles sich zugetragen, denn er wollte nicht aufhören, sie zu preisen. Damals freilich, als er uns nachsetzte, habe nur Wuth und Eifersucht in ihm getobt, und er hätte sie ohne Bedenken erwürgen können, nur um sie mir zu entreißen. Unseren Weg hatte ihm jener Schiffer verraten, der sie den

Sprung aus dem Nachen ans Land thun sah. Da war es ihm aufgegangen, daß in dem Maleranzug ein Mädchen stecken möchte, und er hatte bei der Heimkehr das Abenteuer herumerzählt. Nach seiner Verwundung aber mußte Carluccio den Gedanken aufgeben, uns weiter zu verfolgen. Und als er endlich Düsseldorf wieder erreichte, war der alte Eberti schon zu tief in jenen bösen Handel verwickelt, um nicht vor Allem an seine eigene Rettung zu denken. So entkamen sie nach Polen, der Knabe starb unterwegs, die Uebrigen trieben es nach wie vor. Aber auch in Polen war ihres Bleibens nicht. Steckbriefe verfolgten sie, und Carluccio ging eines Tages auf und davon und schlug sich mit Hülfe seiner Teufeleien durch bis in die Krim. Da war gerade durch den Krieg der Boden für ihn bereitet. Als Marketender, Spion und Possenreißer ließ er seine mannigfachen Talente glänzen und hielt sich dabei, wie er sagte, immer sorgfältig außer Schußweite. Trotzdem reichte einmal eine russische Kugel weiter als seine Vorsicht. Und als er nach starkem Blutverlust im Lazareth die Augen wieder aufschlug, begegneten sie einem Blicke, der ihn in seiner damaligen Schwäche irre machte, ob er wache oder in einem Jenseits wieder zu sich komme. Eine barmherzige Schwester stand an seinem Bette und erneuerte den Verband an seinem Arm. Erst am folgenden Tage konnte er das Wort an sie richten und fragen, ob sie es sei. Sie legte den Finger an den Mund und kam nicht wieder zu ihm. Von den Andern hörte er, daß man sie Schwester Maria nenne, daß sie unermüdet die Verwundeten pflege und alle Entbehrungen des Lagerlebens ohne Murren theile. Er sah sie hernach dann und wann aus der Ferne. Aber ihre strenge Miene und das Bewußtsein, wie viel er früher an ihr verschuldet, hielten ihn immer zurück, sich ihr zu nähern.

Eines Abends aber, nach einem mörderischen Gefecht, als er zwischen den Ambulanzen gedankenlos hinschritt und hier und da half, einen Verwundeten aufzuheben, gelangte er an einen kleinen Erdhügel, der eine Zeitlang der Mittelpunkt des Kampfes gewesen war, bis die Russen sich näher an die Stadt zurückziehen mußten. Hier lagen Todte und Verwundete wie gesäet bei einander. Aber zwischen den Waffen und Uniformen erkannte das scharfe Auge des Italieners das schwarz und weiße Ordenskleid einer barmherzigen Schwester, die früher als die Feldärzte an diese Stätte des Todes gelangt war. Sie lag aber jetzt, von einer nachzügelnden Kugel in die Brust getroffen, still unter den Andern. Carluccio hob das Schleiertuch auf, das über ihr Gesicht gefallen war. Da erkannte er sie, und der ähe Anblick entsetzte ihn. Als nun die kühle Luft ihr Gesicht berührte, schlug sie die Augen noch einmal auf. Er neigte sich zu ihr herab und rief sie bei Namen. Sie versuchte sich zu bewegen. Aber nur die Seele regte sich noch in ihr. Das goldene Kreuz hing an ihrer Brust; Sie blickte darauf hin und sagte: Bringt es meinem Gatten, Carluccio. Sagt ihm Lebewohl von mir. Er soll ... In dem Augenblick nahte sich ein Priester mit dem Sacrament. Sie konnte noch die Hände über der Brust falten und die Wegzehrung empfangen. Dann war sie hinüber.

In der Nacht grub der arme Gesell mit eigenen Händen ein Grab für sie und bettete sie hinein. Dann löste er das Kreuz von ihrem Halse, küßte es und saß bis an den Morgen wie ein treuer Hund auf dem flachen Todtenhügel und weinte, wie er mir sagte, zum ersten Mal in seinem Leben andere Thränen als vor Zorn und arger Bosheit. Als er mir das Kreuz gab, das er sorglich in einem besonderen Kasten verschlossen hatte, bat er mich, es nur noch ein einziges Mal küssen zu dürfen. Ich konnte es ihm nicht abschlagen. Ich legte ein Goldstück auf den Tisch, als ich aufstand; aber er war durch nichts zu bewegen, es anzunehmen. Dann sollte ich ihm versprechen, wiederzukommen und mehr von ihr zu erzählen, als ich ihm auf sein Dringen mittheilte. Er wird vergebens auf mich warten.

Über tredition

Eigenes Buch veröffentlichen

tredition wurde 2006 in Hamburg gegründet und hat seither mehrere tausend Buchtitel veröffentlicht. Autoren veröffentlichen in wenigen leichten Schritten gedruckte Bücher, e-Books und audio-Books. tredition hat das Ziel, die beste und fairste Veröffentlichungsmöglichkeit für Autoren zu bieten.

tredition wurde mit der Erkenntnis gegründet, dass nur etwa jedes 200. bei Verlagen eingereichte Manuskript veröffentlicht wird. Dabei hat jedes Buch seinen Markt, also seine Leser. tredition sorgt dafür, dass für jedes Buch die Leserschaft auch erreicht wird.

Im einzigartigen Literatur-Netzwerk von tredition bieten zahlreiche Literatur-Partner (das sind Lektoren, Übersetzer, Hörbuchsprecher und Illustratoren) ihre Dienstleistung an, um Manuskripte zu verbessern oder die Vielfalt zu erhöhen. Autoren vereinbaren direkt mit den Literatur-Partnern die Konditionen ihrer Zusammenarbeit und partizipieren gemeinsam am Erfolg des Buches.

Das gesamte Verlagsprogramm von tredition ist bei allen stationären Buchhandlungen und Online-Buchhändlern wie z. B. Amazon erhältlich. e-Books stehen bei den führenden Online-Portalen (z. B. iBookstore von Apple oder Kindle von Amazon) zum Verkauf.

Einfach leicht ein Buch veröffentlichen: **www.tredition.de**

Eigene Buchreihe oder eigenen Verlag gründen

Seit 2009 bietet tredition sein Verlagskonzept auch als sogenanntes "White-Label" an. Das bedeutet, dass andere Unternehmen, Institutionen und Personen risikofrei und unkompliziert selbst zum Herausgeber von Büchern und Buchreihen unter eigener Marke werden können. tredition übernimmt dabei das komplette Herstellungs- und Distributionsrisiko.

Zahlreiche Zeitschriften-, Zeitungs- und Buchverlage, Universitäten, Forschungseinrichtungen u.v.m. nutzen diese Dienstleistung von tredition, um unter eigener Marke ohne Risiko Bücher zu verlegen.

Alle Informationen im Internet: **www.tredition.de/fuer-verlage**

tredition wurde mit mehreren Innovationspreisen ausgezeichnet, u. a. mit dem Webfuture Award und dem Innovationspreis der Buch Digitale.

tredition ist Mitglied im Börsenverein des Deutschen Buchhandels.

Dieses Werk elektronisch lesen

Dieses Werk ist Teil der Gutenberg-DE Edition DVD. Diese enthält das komplette Archiv des Projekt Gutenberg-DE. Die DVD ist im Internet erhältlich auf **http://gutenbergshop.abc.de**

Zeitfracht Medien GmbH
Ferdinand-Jühlke-Straße 7
99095 Erfurt, Deutschland
produktsicherheit@kolibri360.de